W0374195

© 2020 - Éditions Jigal
27 cours d'Estienne d'Orves 13001 Marseille
www.polar.jigal.com

Couverture : © JG
Directeur de collection : Jimmy Gallier

ISBN 978-2-37722-094-6

Le code de la propriété intellectuelle interdit les copies ou les reproductions destinées à une utilisation collective. Toute représentation ou reproduction intégrale ou partielle faite par quelque procédé que ce soit, sans le consentement de l'auteur ou de ses ayants cause, est illicite et constitue une contrefaçon sanctionnée par les articles L.335-2 et suivants du Code de la propriété intellectuelle.

THIERRY BRUN

CE QUI RESTE DE CANDEUR

ÉDITIONS JIGAL

DU MÊME AUTEUR

Surhumain
Éditions Plon 2010

La ligne de tir
Éditions Le Passage 2012

Les Rapaces
Éditions Le Passage 2016
Éditions Le Livre de Poche 2017

À mon fils

« Je vis le fantasme hideux d'un homme se lever, puis, par le travail de quelque machine puissante, montrer des signes de vie, et bouger en un mouvement malaisé et à moitié vivant… »

Introduction de Mary Shelley de l'édition de 1831
de Frankenstein, Le Prométhée moderne.

« Chaque jour sans exception, on doit se considérer comme mort. »

Hagakure, Le Livre secret des samouraïs.
Jocho Yamamoto

« Je ne sens plus mon visage… Enfin, je le touche, mais je ne sens rien à l'intérieur. »

Bobcat Goldthwait, Blow.

1

J'avais bien essayé d'échapper à tout ça.

Au bout du compte, j'avais fini par coller le canon d'un pistolet contre ma tempe. Comme dans les films, les chansons dramatiques, comme un policier ou un criminel de romans. Encore aujourd'hui, je ressens le contact froid sur mon épiderme. À genoux contre la baignoire, le menton posé sur le rebord glacé, je m'étais essayé à faire le vide, à ne pas visualiser cette balle, à quelques centimètres de mon cerveau, qui allait subir une percussion, briser l'os de mon crâne et tout détruire sur son passage… Ne plus penser à rien. Garder les yeux ouverts jusqu'au dernier moment et en finir. Peine perdue. Je revoyais Anne qui récupérait ses affaires en serrant les dents : « Ça, c'est à moi, et ça aussi. »

Puis, comme mon index refusait de presser la queue de détente, je m'étais demandé s'il ne serait pas plus facile de me jeter du haut d'un pont ou d'une fenêtre. C'était accablant une telle lâcheté…

J'avais abaissé l'arme et entendu un rire dans cette salle de bains, un rire désincarné, proche de la démence, en tout cas, désespéré. Ce n'était que partie remise : je savais qu'un beau matin, à Paris ou à Berlin, quelqu'un ferait le travail à ma place. Dans la foule, je ressentirais la présence latente du danger, d'un homme ou d'une femme qui n'aurait rien à faire là. Seuls ou en couple, jeunes, avides, dévorés par l'ambition, totalement éblouis par le plaisir de prouver leur talent.

2

C'était l'été et il faisait chaud. Le soleil n'épargnait personne à Mazamet. La vitre baissée, un bras sur la portière, j'attendais qu'un fourgon Nissan manœuvre, cède la place à un Saviem hors d'âge, lui-même coincé sur sa droite par un véhicule utilitaire du Rallye Montagne noire 2019.

C'était la course dans la course, celle des galériens de l'évènement, éparpillés sur des kilomètres et qui devaient s'arracher pour rejoindre leur staff et installer le barnum dans les délais impartis. Une histoire de mecs malades, fatigués. Certains craquaient, s'insultaient. Un véritable cirque médiatique, une hystérie collective. Les principaux axes étaient interdits à la circulation. Initiative malheureuse, selon moi. Une semaine plus tôt, j'avais quitté une oasis située à un jet de pierre des plages et de la fameuse montagne Noire et je retrouvais un bastringue indescriptible, un truc à réveiller les pires instincts de l'urbain en mal d'authenticité, de verdure et de fraîcheur.

Fraîcheur que je peinais à trouver, coincé dans une Ford dont la climatisation avait rendu l'âme vers Clermont-Ferrand. La chaleur ramollissait mes gestes, mes pensées. Il était près de 14 heures et Mazamet vibrait des véhicules en surchauffe. Épuisé par le trajet depuis Paris, la gorge sèche, je rêvais d'une mauresque glacée en cherchant un endroit où me garer. Mais ça semblait mal parti, j'étais bloqué dans une espèce d'entonnoir où s'étaient précipités le convoi publicitaire du rallye, les poids lourds espagnols et des paquebots sur roues qui déversaient des hordes de voyageurs…

Le Nissan s'était dégagé. Maintenant, un bus, un de ceux qui faisaient la navette sans relâche depuis Carcassonne, bloquait la petite place et empêchait un 4x4 Mercedes de s'extraire du sirop. C'était un réel foutoir.

Où allaient tous ces gens ? Et ces très jeunes filles faussement perdues dans la cohue, à quoi rêvaient-elles ? Les flics du coin parlaient de réseaux. Elles louaient, via Le Bon Coin ou Airbnb, des appartements qu'elles payaient en espèces, et, indétectables, elles se livraient à une prostitution dite opportuniste et surtout touristique.

Le bus parvint à s'arracher du piège et je me collai à ses pare-chocs. Je roulai au pas vers le vieux quartier. Un vrai quartier, chargé d'histoire, pas celui des bords de plages, pas un vulgaire trou sans âme dédié au vacancier en mal d'aventure et de découverte, mais celui du passé de Mazamet, sa légende à raconter, celle d'un village wisigoth perché dans la montagne, et qu'une poignée de suzerains s'étaient disputé à grand renfort de guerres et de sièges interminables qui avaient sensiblement réduit la démographie. De ce passé guerrier restaient aujourd'hui des vestiges de château, de belles pierres, des geôles sous terre avec leurs charniers, la philosophie cathare, des traditions et des secrets… Bref, un aimant à Parisien déboussolé par une année de labeur et désireux de se ressourcer.

Le soleil me brûlait l'avant-bras et la joue gauches, me desséchait en mode futur feu de forêt et je rêvais de la piscine, celle qui m'attendait dans mon refuge de Caunes-Minervois. Je pouvais déjà entendre les glaçons claquer dans mon verre de mauresque, la vraie, qui comme chacun sait, se boit avec l'anisette locale et non noyée par une vulgaire boisson industrielle.

Dans le rétroviseur, je remarquai le manège du propriétaire du SUV Mercedes, un gros type en veste claire, qui, profitant de l'embouteillage, avait ouvert une portière et, un pied sur le marchepied, se haussait pour avoir une vue d'ensemble. Son regard rencontra le mien. Ce type, je l'avais déjà croisé, j'en étais persuadé, quelque part, sur une aire d'autoroute, à Paris ou ailleurs. Images, sensations enregistrées sans même y penser, mais qui pouvaient appartenir au passé. Troublé, je bifurquai à la première intersection, vers le cœur médiéval, comme disaient les dépliants touristiques, un cœur qui se voulait authentique, effet tué par une succession de magasins, antiquaires, coiffeurs, qui se mélangeaient tous dans un maelstrom de couleurs et de décorations aux tons pastel. Je relevai des détails qui pouvaient paraître insignifiants mais qui me sauveraient la mise en cas de besoin : escaliers aux petites marches, toitures en tuiles romaines accessibles, cheminées trapues pour se planquer derrière, antennes de télévision sur leurs mâts en aluminium, jardins étagés, balcons à portée de main.

Dans la chaîne ininterrompue des boutiques, je cherchai la présence de mon suiveur, essayant de le détecter dans les reflets des vitrines. Je me vis : un ancien jeune mec, aujourd'hui à l'air tourmenté avec des rides au front, un brun à mèche sur le côté, aux sourcils froncés. Je vis aussi un fantôme en me détaillant ainsi, un qui avait peur de son propre suaire. Puis, après dix minutes, je dus me rendre à l'évidence qu'il n'y avait rien d'anormal. Le type et son SUV avaient disparu. Avec eux, la menace. Ne m'entouraient que de braves touristes.

Toutefois, il y avait cet écho en moi. Il subsistait. Je conservais cette image de l'homme, de son œil cerné et marqué par la tension. Un pisteur. Un pisteur qui avait sans doute l'habitude de relâcher la pression, puis de revenir à la charge. Oui, l'écho pulsait.

Et cette ménagère, et ce commerçant, tous pris dans mon arrêt sur image : amis ou ennemis ? Comment interpréter leurs attitudes ? Leur détachement était-il feint ? Non. Ces gens ne me surveillaient pas. Ils vivaient leur vie, tout simplement. Ils croisaient mon chemin, un court instant, me dévisageaient avec l'indifférence des fourmis qui se bousculent, sans vraiment se voir, pour suivre leur propre route.

Alors, redescends. Heureusement que tu es seul, tu perds pied mon garçon.

Avec le soulagement du Parisien retrouvant ses marques, je m'engouffrai dans un de ces parkings propres, trop éclairés, aux tarifs astronomiques, aux caméras nombreuses qui filmaient sans relâche des places de stationnement délimitées par des témoins lumineux. J'y laissai la Ford et, à pied, gagnai enfin la banque Ambrosio, déserte à cette heure de la journée. Elle venait juste de rouvrir après la pause de midi. La fraîcheur dispensée par la climatisation cristallisa instantanément la pellicule de transpiration qui recouvrait mes épaules. Ici, tout était rassurant, atone, endormi dans un silence feutré de moquette et de mobilier protégés par des murs au marbre glacé. Le guichetier me sourit longuement puis m'accompagna jusqu'à la salle des coffres.

– Votre clef, s'il vous plaît... Votre code.

Puis, on me laissa seul. Je déposai d'épaisses liasses récupérées à Paris, les mélangeai à celles qui occupaient depuis un an cet espace de trente centimètres sur quinze dans le sous-sol de l'établissement bancaire. Délesté de ce poids, je ressortis le cœur étonnamment léger. C'était stupide si on y réfléchissait : le fait de ne plus trimballer tout cet argent n'écartait en rien le danger.

Je rejoignis le cœur médiéval, formé par deux ou trois rues étroites qui se rejoignaient et composaient une espèce de place forte interdite aux cars et aux étrangers dans leur ensemble. On s'y bousculait gentiment avec la langueur de ceux qui n'ont d'autres buts que promenades, flâneries et quelques verres entre locaux. Des petites vieilles faisaient leurs courses pendant que leurs petits vieux discutaient les nouvelles du jour autour d'un café.

J'avais mes habitudes dans un bistrot. Je saluai un quatuor de compères qui répondirent de ce bref hochement de tête propre à ceux qui s'économisent, accaparés par leurs conversations, commentant la vie alentour, maudissant les hausses décidées par le gouvernement, la dernière rencontre de foot. Ils échangeaient aussi des plaisanteries où il était question de la poitrine de la présentatrice du JT.

Je m'installai en retrait, à une table ronde en acier piqué par la rouille. De l'autre côté de la rue, il y avait un armurier qui proposait à des prix abordables de quoi agresser son prochain.

Je pris mon temps, goûtant ce moment privilégié. Comme je l'avais imaginé, les glaçons claquèrent quand je les trempai dans l'anisette, le sirop d'orgeat et l'eau. Ça fit un petit bruit cristallin.

L'air était doux dans cette ruelle.

J'effectuai quelques courses, me laissai tenter par un lard fumé cru, et deux ou trois bouteilles.

Je ne pouvais empêcher que les gens d'ici s'intéressent à ma présence, mais rester cloîtré m'était insupportable. J'avais littéralement l'impression d'étouffer. La foule demeurait un bon endroit pour se cacher, et si je ne pouvais nier la possibilité que mes ennemis pussent s'y cacher de moi, j'essayais de me rassurer en me répétant que personne ne pouvait savoir que Rousseau m'avait catapulté dans cette région. Et si, à un moment ou à un autre, Franck Miller se penchait sur la question, je priais qu'il tourne assez en rond pour abandonner. Je pouvais être n'importe où ; en Europe, ou ailleurs. Mais une chose était sûre, en cas de besoin, gagner la montagne ne me prendrait pas plus de dix minutes. Plusieurs voies étaient possibles, à pied, en voiture par la route des cols.

Je rejoignis tranquillement la Ford en appelant Maître Arnaud. La ligne sonna dans le vide. À cet instant, une légère brise parcourut la ruelle et freina mon pas. J'inspirai profondément. Ici, le calme était absolu. Ici, on pouvait envisager une nouvelle vie.

Le temps n'existait plus.

Il m'arrivait, à l'époque de Franck Miller, de me terrer dans une chambre d'hôtel, à vomir sans arrêt. À me vider des tensions, de la peur qui ne me quittait pas, qui me rongeait. Un jour, un incident s'était produit boulevard Raspail, puis, une demi-heure plus tard, près de l'Opéra: j'avais repéré une présence derrière moi. La panique m'avait envahi lentement. Mais, quand tu es suivi, l'histoire est déjà écrite. Il n'y a plus grand-chose à sauver. Ce jour-là, Rousseau m'avait laissé filer. Il savait que j'étais désormais dans ses filets…

Pour quitter Mazamet, je dus faire un détour ahurissant. Le rallye coupait véritablement la ville en deux. À sa sortie, direction Caunes-Minervois, je tombai nez à nez avec des gendarmes qui avaient installé un barrage filtrant. Les locaux, surpris par la rigueur des mesures de sécurité, haussèrent vite le ton. Je compris à demi-mot que la maréchaussée recherchait les auteurs d'un vol commis près de la basilique sur des touristes allemands.

Un homme était à demi descendu de son auto et apostrophait ceux qui osaient le retarder :

— Je suis pressé ! Attendre comme ça, c'est pas normal !

Je reconnus un commerçant du centre-ville. Un qui ne supportait pas l'autorité. Il était à lui tout seul un peu le résumé de la région ; une âme d'insulaire prompte à la rébellion.

Le jeune gendarme s'empara de mon permis, me dévisagea en prenant son temps.

— Parisien ?

J'acquiesçai vaguement.

Plus de trente voitures, camions, bus remplis de touristes et motos patientaient.

— Vous êtes du rallye ?

— Non, non.

— Vous êtes ici en vacances ?

— Oui, oui.

Le gendarme fronça soudain les sourcils. Il me rendit rapidement mes papiers et, flanqué de deux collègues, se présenta d'autorité devant une Porsche bien déglinguée, immatriculée dans la région et qui tentait de faire demi-tour.

Le conducteur et le passager furent extraits *manu militari* et collés au sol. Fouille intégrale du véhicule. Très vite, le chargement se retrouva sur le bitume.

Je passai le barrage en roulant au pas, assistant à la suite des événements par le truchement du rétroviseur. Je rentrai ainsi en respectant la vitesse autorisée, le bras toujours sorti par la vitre baissée, en mode vacancier.

« Niveau de risques et de violences induits sous-estimés » avait annoté le directeur de la prison dans mon dossier.

3

À ma levée d'écrou, Rousseau avait déniché cette planque en moins d'une semaine. Tout avait été arrangé par e-mail et par téléphone jusqu'à ce que je récupère la clé à l'agence de Mazamet. La maison était située en haut de Caunes-Minervois. Elle était éloignée de trois kilomètres de la plus proche habitation et se cachait derrière un plan rocheux qui la rendait presque invisible de la route.

La bâtisse était plutôt jolie – une construction basse d'un siècle révolu – mais de près, on voyait qu'elle était délabrée. Le soleil et les hivers avaient abîmé les portes et les encadrements de fenêtres, et il manquait un certain nombre de tuiles que j'avais remplacées.

Une fois passée la grille d'entrée, il y avait quelques hectares au cœur d'un bois que plus personne n'entretenait depuis des années. En amont se dressait une colline rocheuse d'où surgissaient les levers de soleil quand il franchissait la cime et qu'une barrière ocre s'étirait sur toute la largeur de l'horizon. C'était l'endroit idéal pour quelqu'un qui voulait fuir les regards indiscrets, s'isoler même…

J'engageai mon véhicule dans l'allée gravillonnée, entre deux rangées de petits chênes verts, et, roulant au pas, je manœuvrai avec précaution jusqu'à une ancienne grange. J'y allais doucement, ça plongeait sec à cet endroit. La sueur au front, je coupai le moteur, fis des allers et retours, de la Ford à l'intérieur de la maison, rangeant dans le réfrigérateur de quoi subvenir à mes besoins pour une semaine: anisette, sirop d'orgeat et des glaçons.

Je bus deux verres coup sur coup à peine arrivé. Le tourbillon humain avait été un cauchemar pendant les trois derniers jours. Se demander à chaque instant qui marchait dans son dos n'avait rien de reposant.

— Et s'il y a un véritable problème?

Rousseau avait mis un temps infini à réagir.

— Faites-en sorte de ne pas vous faire remarquer! Si vous respectez un minimum ce conseil, vous n'aurez rien à craindre, Thomas. Suivez cette simple consigne jusqu'au procès. Je suis confiant, il n'y aura pas de véritable problème.

— Des nouvelles de Frank Miller?

Rousseau avait écarté les bras en signe d'ignorance et d'impuissance.

Mon verre en main, je fis quelques pas dans le jardin asséché, poussant jusqu'au sentier gravillonné bordé d'une pelouse pelée par le manque d'eau. Tout exhalait l'été, le calme, la tranquillité. Par-delà la barrière de rochers, j'apercevais un village, des toits et des volets clos, un cimetière. Mis à part les collines et l'étendue de la vallée encaissée, c'était le règne des maisons basses. Rien ne bouchait l'horizon. Je pouvais voir venir le danger.

Je laissais toujours des bombes de défense et des matraques à proximité, dans la chambre, le salon, la cuisine et le garage, aux endroits où la main pouvait naturellement tomber dessus. Les petits modèles étaient les plus pratiques. À l'époque, j'étais extrêmement rapide, je m'entraînais et j'esquivais bien aussi. Je ne craignais pas les affrontements, mais je n'étais ni un combattant ni une tête brûlée et si, dans le passé, je m'étais retrouvé dans des situations compliquées, c'était parce qu'il n'y avait personne d'autre pour y aller… Miller m'avait aussi embauché pour ça.

Je m'allongeai dans un transat. Chaque gorgée de mauresque anesthésiait mes angoisses. Ça marchait assez bien. Je me laissai aller, fermai les yeux.

4

Le crépuscule s'était annoncé pendant ma sieste et il y avait une rumeur dans le lointain, celle de Caunes-Minervois qui se préparait aux fêtes de juillet. L'horizon s'enflammait et c'était l'heure que les insectes choisissaient pour se regrouper quelque part du côté de la piscine, en grappes vibrantes autour des luminaires disséminés dans la pelouse mitée. C'était ce que j'appelais l'entre-deux, moment où la chaleur commençait à se faire moins pesante. J'avais cette nuit d'été devant moi, de quoi boire, manger, et dormir en toute sérénité. Les premières lumières du jour me réveilleraient sans doute ici, ou bien dans ma chambre. Peu importait.

Je me servis un nouveau verre de mauresque en observant la bataille à laquelle se livraient les chauves-souris dans le crépuscule. Certaines n'hésitaient pas à frôler le parasol que je n'avais pas encore replié. Mon verre en main, je tentai de contacter Maître Arnaud. Dans le carton qu'il m'avait envoyé, il y avait une copie de ses investigations, des papiers personnels et des affaires que la Pénitentiaire s'était engagée à rendre. D'autres, comme le pistolet que j'avais sur moi lors de mon arrestation, devaient reposer dans quelques armoires blindées, ou bien avaient été détruites. Le réseau était faiblard et me lâcha à la cinquième sonnerie.

Je vidai mon verre et allumai ma seconde cigarette de la soirée en levant les yeux vers un ciel déjà profond comme un puits avec des poignées d'étoiles dans le fond, jusqu'à la courbe de l'horizon qui fléchissait sur ma droite, vers le chemin quittant le jardin et filant vers une départementale avec de belles ornières par endroits. Cette route était oubliée par la DDE : je n'en avais vu aucun représentant depuis l'hiver. Ici, j'étais au pied de la montagne Noire, autant dire une sorte de bout du monde. Une fois arrivé au croisement encore carrossable, c'était une aventure, et la plupart des commerçants ambulants avaient définitivement abandonné l'idée de la tenter et de desservir ce coin de la carte... Quelques rares touristes s'y risquaient l'été à bord de leurs monstres quatre roues motrices, et, pris au piège dans les glissements de terrain et les crevasses laissées par les crues, entamaient aussitôt de hasardeux demi-tours.

Le couloir à vents décourageait aussi les trekkeurs et couchait depuis toujours des générations de chênes verts. L'hiver, personne ne traînait dans le coin, les rafales pouvaient vous précipiter dans les ravins. L'épicier de Mazamet aimait bien raconter l'histoire des deux pauvres gamines, des cyclistes parties sur les contreforts de la montagne, et qu'on n'avait jamais revues... Les recherches s'étaient heurtées à un mystère.

Mon arrivée ici avait signé la reprise de mon entraînement. Quand la météo le permettait, je chaussais les tennis et poussais jusque dans les bois, je me lançais à la fraîche et croisais parfois le périple de quelques cochons sauvages. Ils se figeaient quelques secondes, se demandant certainement quel genre de fou osait partager avec eux ces contrées inhospitalières. Nous faisions bon ménage. Il m'arrivait de les suivre à distance. Ils m'observaient de loin, jusqu'à ce qu'une odeur ou un signal de la horde ne les chasse brusquement.

Je me faisais régulièrement surprendre par la météo. Ça changeait d'une demi-heure à l'autre. Une tempête avait fait les gros titres l'été précédent. Routes effondrées, poteaux couchés, sous-sols inondés, véhicules noyés, drames, secours tardant à intervenir. J'avais aidé pour débarrasser le chemin vicinal des principaux débris qui l'avaient encombré. Nous étions quelques-uns à ramasser la casse, à empiler toutes sortes de déchets sur les bas-côtés. J'avais fait la connaissance de mes voisins, garagistes à Mazamet. Nous étions tous un peu hébétés, nous observant à la dérobée, conscients que nous donner un coup de main semblait plus ou moins s'imposer. Nous avons charrié et déversé des brouettes de boue. Je m'étais fait deux trois copains avec qui il m'arrivait de partager des bières.

Il était minuit et je remarquai le témoin lumineux clignoter sur l'écran de mon téléphone. Quand j'attendais un appel, je le déposais sur le rebord de la fenêtre, seul endroit de la zone où le réseau parvenait à se frayer un chemin.

— Avez-vous reçu le colis que nous vous avons envoyé ?

Maître Arnaud employait toujours ce pronom, « nous » quand il s'agissait d'évoquer le travail qu'il effectuait pour moi. Nous étions une entité, une hydre à deux têtes lancée dans quelque croisade chimérique, celle de m'assister dans le témoignage qui accablerait Intermediation Group et Franck Miller.

Il me détailla le contenu des dernières pièces versées au dossier. Le timbre de sa voix m'inquiéta. C'était celui d'un homme soumis à une forte tension. Tout en l'écoutant, je fis mon tour de garde, vérifiant le portail, les fenêtres, portes du garage et de la grange. Je fis jouer les serrures pour me rassurer, mais rien n'y fit : le tout paraissait toujours aussi faiblard. La voix de Maître Arnaud commença à résonner, puis disparut dans une série de disharmonies aquatiques.

J'étais là, debout dans la pénombre, à martyriser le téléphone, mais le peu de réseau que je captais mourut tout à fait. Je me sentis bien seul, bien vulnérable, d'un coup, et reculai. Je savais que le danger pouvait surgir de n'importe où. Il était capable d'enjamber grilles et murets censés ralentir les intrusions. Je le savais et mes premières nuits s'étaient passées sans sommeil, ou presque.

5

À mes réveils, dès les beaux jours, j'avais pris l'habitude de poser mes fesses sur les deux trois marches du perron et, mon bol de café en main, de me perdre dans une contemplation un peu béate de la vallée. Le soleil se déplaçait d'est en ouest, disparaissait et réapparaissait entre les pics rocheux. J'aimais ces brouillards, ces aurores, cette luminosité aveuglante qui annonçait la chaleur, ce moment où les toits et les murs craquaient et où les lézards y élisaient domicile en se faufilant entre les pierres. J'aimais ce silence, loin de la cohue, à quelques kilomètres de là, où régnait l'effervescence des quartiers pleins de vieux Allemands et de Hollandais qui achetaient des villas, des hectares, de quoi bouffer pour les cent prochaines années et aussi des filles du coin… On se vendait bien sous le soleil.

Quand certains journaux titraient sur les licenciements, les entreprises qui fermaient du jour au lendemain, les élus mettaient en avant l'attrait qu'exerçait la région, la bonne marche de l'économie touristique, les affaires qui tournaient comme il fallait pendant quelques mois. Mais, cette manne attisait aussi les convoitises de ceux à qui les patrons avaient botté le cul avant de les virer comme des malpropres. La délinquance venait ternir le tableau idyllique.

Oui, j'avais senti une tension dès mon arrivée, des ressentiments couvaient dans les arrière-salles des bistrots que les vacanciers ne fréquentaient pas. Rousseau n'avait peut-être pas été si inspiré que ça en choisissant ce coin pour ma retraite. Me faire le plus discret possible... Est-ce que ça signifiait me cloîtrer jusqu'à la date du procès ? Et puis, je n'avais pas tellement eu voix au chapitre. Rousseau m'attendait à ma levée d'écrou avec un thermos et des croissants et, s'il s'était plié à ma dernière exigence, il n'avait pas manqué de me rappeler que je lui étais hautement redevable.

— Nous n'avons pas retrouvé madame Anne Rollé pour votre bon plaisir. Je vous donne une heure. Et n'allez pas imaginer que vous pourrez la prendre dans vos bagages...

— Tu es sorti ? Bien. Ne t'approche pas trop, tu pourrais le regretter, m'avait averti Anne en me dévisageant de la tête aux pieds. Ça te va bien de jouer le repenti. Tu as fait quoi pour me protéger quand Miller m'a menacée ? Tu pourrais me répondre sans baisser les yeux ! Tu n'étais même pas capable de t'occuper correctement de moi. Il n'y avait que toi qui comptais... Ta petite personne, tes problèmes. Tes gros problèmes.

La charge m'avait traversé comme une balle. Mon Dieu, ce regard dur et froid... Il y avait toute la distance, toute la rancœur accumulée, si bien accumulée, en strates, à forger un diamant de haine pure. Son œil en tremblait de rage.

— Anne...

J'avais esquissé un geste vers son épaule pour briser le sortilège, mais je n'avais osé y poser la main.

6

Je restai un bon moment sous la douche, avant de me décider à mettre le nez dehors pour la soirée. Ce n'était vraiment pas malin de ma part, mais j'enfilai une nouvelle chemise et un pantalon en lin à poches italiennes avec le cœur léger et pris du plaisir à conduire en respectant les limitations de vitesse, quasiment au pas, pour tout dire, en mode nonchalant, jusqu'aux chapiteaux qui avaient envahi la place de Caunes-Minervois. Je m'arrêtai à la première buvette et après deux trois vins à l'orange (Laver et couper les fruits en quatre et y planter les clous de girofle. Mélanger au vin dans un grand pot, ajouter le sucre et la vanille.), je ne pensais plus du tout aux dangers qui pouvaient m'attendre au coin de la rue. La fin de l'après-midi virait au superbe : le soleil embrasait de ses derniers feux le massif de la montagne Noire, plongeait en pics de lumière dans les ruelles étroites, les fontaines en marbre rouge et sur la petite place de la Révolution, là où siégeaient Danton et Robespierre, les deux gigantesques platanes.

Il y avait des familles, des couples sans enfants, des touristes et des natifs de la région. Tout ce monde se regroupait autour des points de boissons et d'un bonhomme à chapeau qui, juché sur une des caisses, donnait une représentation d'un *Tartuffe* revu et corrigé par Jacques Tati. C'était assez réjouissant.

La tête me tournait déjà, je décidai de lever le pied sur le degré d'alcool et optai pour le vin doux quand je remarquai une blonde, trente ans, en jupe bien courte et qui prenait des poses au bout du comptoir en allumant une extra-longue. Elle paraissait bien déterminée à profiter de la soirée, à trinquer avec des hommes, le sourire et l'accolade facile. Elle avait un air taquin, piquant, prête à toutes les opportunités. Je me rapprochai, croisai son regard. Je la reconnus.

C'était Delphine, la femme de mon voisin immédiat, Adrian, garagiste à Mazamet et amateur de bière brune. Par une indiscrétion, je savais qu'elle fréquentait un bar dans l'arrière-pays, un de ces établissements dont les filles se refilaient l'adresse. Là, sous mes yeux, deux types la prirent par la taille. Elle minauda, se rebiffa pour la forme en m'envoyant une œillade chargée de défi.

Je piquai du nez sur le comptoir. Dans ma situation, m'enivrer n'était déjà pas la preuve d'un grand discernement, mais m'attirer des ennuis avec des gars du coin et le garagiste qui avait promis de régler mon problème de climatisation s'avérait nettement au-dessus de mes moyens.

7

À 9 heures la température taquinait déjà les 28 degrés et, affalé dans un transat au bord de la piscine, je me réveillai avec l'esprit clair et une envie de vider une bouteille entière d'eau bien fraîche. Une rumeur vibrait dans l'air, quelque part vers le village.

En prison, j'avais développé une inaptitude à dormir plus de quelques heures par nuit. Ça ne me posait pas de problème, je m'y étais habitué, et dès que je me réveillais, je restais immobile quelques minutes, les sens aux aguets.

Alors, comme tous les matins, je sondai mon environnement, cherchant à détecter une odeur, une présence, l'infime dépression acoustique qui me préviendrait d'un danger, à prendre la mesure de quelque bruit inquiétant ou silence inhabituel. Puis, je filai sous la douche, et, après un petit déjeuner consistant, j'allai courir quelques kilomètres.

Je ne variais jamais d'itinéraire, suant sous ma casquette et suivant un sentier dans le bois le plus proche. Après quoi, je fis une heure de vélo tout-terrain. Pour ça aussi j'avais mon parcours, toujours le même. J'y allais doucement, sollicitant les cuisses et la sangle abdominale.

En fin de matinée, je m'attaquai au nettoyage du garage. Je le vidai de tout ce que l'ancien propriétaire, un entrepreneur de travaux publics, avait cru bon de l'encombrer. Il avait proposé à l'agence que le locataire s'en occupe. Je suai encore comme il fallait. Il s'agissait de sortir un vieux congélateur. Il débordait de choses inutiles et oubliées. Ainsi, il y avait aussi, empilé n'importe comment, tout un fourbi devant le panneau coulissant de l'entrée, des cartons, des malles, des pots de peinture, tout un fatras de machins qui peuvent toujours servir et qui ne servaient jamais à rien. Je déchargeai sur le bas-côté de la route le contenu d'un coffret en bois, en remarquant que le ciel virait du bleu au vert acier. Un acier étonnamment lumineux.

Je charriais des gouttières rouillées devant la maison, quand j'entendis un bruit sourd, celui que ferait une caisse remplie de livres en tombant d'un premier étage.

Je restai alors quelques minutes sans bouger. Des minutes qui s'étirèrent.

Puis, j'eus brusquement cette certitude qu'on m'observait. Je me tournai vers la route où gisaient des branches arrachées par les derniers coups de vent. Le feu rougeoyant du soleil frappa mon visage. Ébloui, je mis ma main en visière pour faire le point sur la silhouette qui s'avançait. J'attendis qu'elle lève le bras et amorce un sourire. Je la reconnus, c'était la fille du bal, la femme du garagiste. Celle qui se laissait enlacer par les hommes. Elle portait un short échancré et un top, dans les tons jaunes, qui moulait sa poitrine. Du sang poissait ses cheveux blonds au-dessus de l'oreille gauche et un début d'hématome marbrait son front.

Si j'avais un quelconque talent – et qui ne m'avait pas causé que des réjouissances – c'était de prendre des décisions rapidement. Mais là, j'étais pétrifié.

— J'ai eu un accident.

Sa voix chevrotait. Souriant à demi, elle prit appui sur la clôture. Ses yeux brillaient un peu trop.

Mes bouts de gouttières sur les avant-bras, je grimaçai malgré moi avec l'envie de la laisser se démerder. On se fixa un moment sans prononcer un mot.

Puis, un fracas, qui tenait à la fois du carton déchiré et de la tôle froissée, me tira de mon immobilisme. Ça venait du croisement, à moins de cent mètres.

— Le ravin, dit la voisine. La voiture a dû tomber, maintenant.

Puis, Delphine Patrier s'effondra doucement sur le côté.

Je m'accordai un instant avant de réagir. Mon front devint moite. Laissant la femme du garagiste là où elle s'était échouée, je fis quelques pas pour voir de quoi il retournait, et, de loin, je remarquai tout de suite l'enfoncement dans le muret qui bordait la route. Cette fois, je courus et me penchai prudemment. La carcasse rouge me confirma que la voisine avait vraiment fichu sa Fiat en l'air. Elle l'avait bien envoyée valser dans l'espèce de profonde ravine, une déclivité hérissée de rochers. Ça faisait comme une installation incongrue. Comment s'en était-elle sortie indemne et comment avait-elle réussi l'exploit de se traîner, complètement *stone* jusque chez moi ? Mystère. Avait-elle eu la présence d'esprit de descendre de son auto quand celle-ci était encore à moitié encastrée dans le fragile mur de protection ?

— Je suis désolée, gémit-elle dans mon dos.

Elle était revenue à elle et se dandinait maintenant au beau milieu de la route, dans son short pour adolescente qui ne cachait pas grand-chose de son intimité. Son front prenait une belle teinte rouge violet. Je me demandai ce qu'elle attendait. Sans doute que je lui apporte de l'aide ?

— Venez, on va déjà désinfecter tout ça.

Elle prit appui sur mon épaule. Elle empestait le whisky et paraissait vraiment accablée. Saoule, mais consciente de la gravité de la situation.

— Je ne sais pas… reprit-elle.

J'aurais préféré qu'elle enlève ses mains, qu'elle s'écarte, disparaisse, J'essayai de la tenir à une distance raisonnable, mais elle refusait de me lâcher. Elle trébucha, fit quelques pas en arrière et s'immobilisa dans l'ombre d'un chêne vert. Je la fixai durant quelques instants et, à cette seconde, la trouvai si touchante que j'en oubliai immédiatement l'incongruité de la situation et mon exaspération. Puis, le sang se mit à couler sur son visage. Je n'en croyais pas mes yeux. Elle n'était pas plus belle que d'autres femmes, mais elle dégageait un érotisme forcené, une espèce de pouvoir d'attraction hors normes. Ça tenait du prodige, de l'envoûtement. Je baissai la tête. Elle chancela et s'écroula dans mes bras.

— Vous allez vous moquer, maugréa-t-elle en bavant.

8

À près de 38 ans, dont trois passés derrière les barreaux, je ne voulais plus entendre parler de certaines choses. J'aspirais à la tranquillité. Je réclamais du silence, de la solitude et tout ce qui va avec : lire de bons bouquins, écouter, un peu de musique classique, me lancer dans de raisonnables *runs* dans la montagne, couper du bois pour l'hiver, et celui-ci venu, profiter d'un feu, écrire quelques lignes, tenter de raconter mon histoire. M'occuper d'une dingue blessée ne rentrait pas dans mes plans. Les femmes ne m'intéressaient que dans un cadre purement sexuel. Socialement, pratiquement plus du tout. Il me semblait avoir épuisé toute la gamme des expériences possibles dans ce domaine. J'estimais que mon temps était précieux, même si je n'en faisais pas grand-chose.

Adrian, une espèce de gros singe roux en bleu de travail, se grattait la tête au beau milieu de ma cuisine. Il imposait une présence épaisse, avec des sourcils et des épaules énormes qui avaient tendance à tomber.

— Ha, voisin. Je te revaudrai ça. Delphine déconne un peu en ce moment.

— T'inquiète, c'est rien.

Delphine reprenait doucement ses esprits en se massant l'entrejambe. Le pansement que j'avais apposé à sa tempe se décollait déjà dans une touffe de cheveux coagulés.

— Thomas a été super sympa.

— C'est ça. Allez, on y va.

Adrian souleva sa femme de la chaise et la traîna jusqu'à la dépanneuse où la Fiat toute cabossée reposait de guingois sur le plateau. Les fesses de Delphine s'arrondirent quand elle s'arc-bouta pour grimper sur le siège passager. J'eus des difficultés à détourner le regard. Et surtout, j'étais en sueur, épuisé et de mauvaise humeur. Il me tarda de rejoindre l'agréable pénombre dispensée par le parasol, avec mon ordinateur, une Weltenburger glacée ou une mauresque bien fraîche.

Avant de filer sous la douche, je tentai d'appeler Maître Arnaud, mais il ne répondit toujours pas. Je me demandai si son silence annonçait des désagréments, si le procès prenait une funeste voie.

J'essayais de me détendre, sans boule d'angoisse à l'estomac, quand soudain, une rafale de vent secoua les vitres. Je pensai à l'hiver et allai voir ce qu'il restait du tas de bois sous l'auvent. D'ici quelques mois, je mourrais de froid si je ne me poussais pas au cul. Il n'y avait pas grand-chose à décider si ce n'était de me mettre au boulot (installer de nouveaux volets que le propriétaire avait commandés, couper des bûches) avant l'arrivée de l'automne puis de l'espèce de glaciation qui, ici, figeait tout pendant des semaines.

Lunettes de protection sur le nez et gants aux mains, je m'enfermai dans l'ancien atelier de peaux et attaquai le débitage de gros rondins. Je pris du plaisir à la tâche, m'échauffant peu à peu, à ressentir les efforts musculaires, retrouvant des sensations oubliées, les appuis nécessaires, la patience. Le moteur de l'antédiluvienne tronçonneuse rendit l'âme en fin de matinée. Plus tard, j'épluchai les ampoules que je m'étais faites avec la satisfaction du devoir accompli. Mes vêtements et mes cheveux sentaient la sueur, la sciure, l'huile et l'essence, et, avant d'aller m'affaler dans le canapé pour profiter d'un repos bien mérité, j'empilai le bois sous l'auvent.

Puis, en fin d'après-midi, je puisais dans ce qui me restait de forces et allais faire le plein de bière à l'épicerie de Caunes. L'hiver précédent, le propriétaire était de ceux avec qui j'avais partagé les travaux herculéens de déblaiement des voies communales, et, depuis, il voyait en moi un mec qui savait écouter. J'appris donc qu'il avait de gros soucis avec son dernier fils, celui qui se rebellait :

— Luca a peur de devenir adulte.

Pour bien marquer sa peur, le gamin accumulait les délits, fréquentait de drôles de types qui traînaient dans Mazamet et que la police soupçonnait plus ou moins de proxénétisme et de dépouiller les touristes. Le Luca jurait aussi qu'il ne deviendrait jamais comme son gros con de père et disparaissait des jours d'affilée pour faire Dieu sait quoi, Dieu sait où !

De drôles de types, donc... Son regard inquiet me mit mal à l'aise. J'écourtai la conversation et, de retour dans la maison, une fois les volets clos, à l'abri des regards, je comptai et recomptai mon pécule. Près de 80 000 euros, plus les 150 000 à la banque, j'avais de quoi voir venir. Ce n'était pas non plus le Pérou. Le temps des liasses à ne plus savoir qu'en faire appartenait à un passé révolu, celui où je les transportais pour Frank Miller au domicile de l'expert-comptable : des sacs de deux cents litres remplis prêts à exploser, tout ce cash à répartir dans autant de sociétés légales...

Des stries de lumière éclairaient les billets que j'avais planqués dans un réduit où étaient entreposées des vieilleries. Il y avait là un poste de radio, lui aussi d'une autre époque, encore des gouttières et des cuivres, des piles de bandes dessinées du Surfeur d'Argent. Des traces d'un passé, des plaisirs d'un adolescent...

La terre trembla soudain sous mes semelles. J'allai à la fenêtre et vis des tourbillons ouvrir des parenthèses dans les vols en piqué des rapaces qui s'égayèrent d'un coup en poussant des cris. Le vent se leva et j'arrivai juste à temps à replier le parasol et mettre à l'abri tout ce qui pouvait s'envoler dans le ciel sombre et vibrant de mauvais augure, et qui charriait déjà des arabesques de fleurs arrachées par les premières bourrasques. De gros cumulus noirs, impressionnants, se précipitèrent au-dessus de la maison. Des éclairs de chaleur fusèrent littéralement un peu partout autour de moi.

La piscine prit une belle teinte gris argent sous les

premières gouttes qui crépitèrent à sa surface. Une fine odeur laiteuse monta de la terre sèche et accompagna la venue de la tempête. Je finis de ranger mes petites affaires et restai avec plaisir sous la pluie. Elle frappait ma tête et mes épaules, ruisselait sous mes pieds et creusait l'allée gravillonnée. Le temps s'était arrêté, figé par l'averse et la lourde présence des nuages. Un paysage de fin du monde.

Il y eut une sorte d'accalmie, suivie tout de suite d'un formidable appel d'air. La piscine se souleva, ou plutôt, je vis un paquet d'eau gonfler, s'envoler et se pulvériser dans les arbustes qui bordaient la maison.

Cette fois, je rentrai et appelai de nouveau Maître Arnaud. On décrocha. Il fallut crier pour se faire entendre. L'avocat me sembla complètement sonné, ânonnant deux mots sur trois : mon dossier avançait bien, oui oui, tout était bien calé dans l'attente du procès. J'eus un doute et lui posai quelques questions. La communication fut coupée.

J'avais le nez pratiquement collé à la fenêtre – toujours cette histoire de réseau – et le spectacle était formidable : je me serais cru à l'avant d'un Zodiac se propulsant à travers les embruns. Le ciel se vidait. Il pleuvait dru. Je n'y voyais pas à un mètre.

J'avais convaincu Arnaud de ne pas solliciter ses amis de la police. Les grandes manœuvres attiraient l'attention. Alors, il avait engagé un détective privé qui se targuait d'être un ancien des forces spéciales. J'imaginais qu'il donnait tous les coups de fil possibles, interrogeant les connaissances et les connaissances des connaissances, mais personne n'était au courant de rien, personne n'avait revu Franck Miller. Sa maison d'Autun était fermée et le notaire ne savait où il avait bien pu partir… Franck Miller n'était plus là, avait disparu de la surface de la Terre…

J'abandonnai le spectacle que m'offrait la tempête et m'échouai dans le fauteuil. Ce fauteuil où, l'hiver, je passais le plus clair de mon temps, renonçant parfois à m'en extraire et me réveillant une ou deux heures plus tard à la même place, complètement désœuvré, somnolant à moitié. J'avais louvoyé assez de temps dans le clan des manipulateurs, en tout cas suffisamment pour savoir qu'il ne fallait jamais s'enthousiasmer ou s'alarmer inutilement. Voir et laisser venir, ça restait la meilleure des solutions. Mon avocat était jeune et passionné, mais il n'était pas armé contre les manigances des profiteurs, toujours prompts à encaisser autant d'argent que possible. Son type des forces spéciales avait sans doute fait chou blanc dans ses recherches, s'il les avait vraiment entreprises…

Je me protégeais autant de l'optimisme que de l'inquiétude. J'avais enfoui ces émotions. J'avais appris. Mais, quand je n'y prenais pas garde… le souvenir d'Anne me revenait en pleine face, par exemple. Je revoyais nos moments, en boucle. Nous avions au moins pu parler avant que je ne tente de fuir… Nous avions aussi réussi à ne pas complètement dévaster notre histoire. Une véritable prouesse.

Quant à Miller, sa disparition ne m'étonnait pas. Ce qui ne signifiait pas que je devais suspendre les recherches, bien au contraire. Je ne gagnerais rien à rester dans l'ignorance, sauf à devenir à moitié dingue, si je ne l'étais pas déjà. Qui pouvait tenir le coup à tourner en rond? Qui ne souhaitait pas une réponse, quelle qu'en soit la nature ? Rien que d'y songer, mon exaspération monta d'un cran. Je m'y étais préparé, pourtant.

Le fauteuil grinça quand je le quittai, laissant une auréole de sueur sur le dossier. La tempête s'était bien calmée, comme avalée par une nuit qui me parut plus profonde que d'ordinaire. Un puits sans fond et sans pierres précieuses, cette fois. De l'encre.

Je me traînai jusqu'au lit, rangeant au passage la vaisselle qui avait séché sur l'égouttoir. Jusqu'au moment où j'entendis un crissement. Je me figeai.

Mon cerveau se mit à fonctionner très vite. La porte de la maison s'ouvrit sur une silhouette, une ombre dans l'obscurité. Je ne pus en distinguer davantage. Moi qui n'oubliais jamais de fermer à double tour ! Sombre idiot ! L'apparition fit un pas, puis deux dans la cuisine, à moins de trois mètres de moi. Je m'accroupis derrière le fauteuil, glissai ma main dessous, trouvai une de mes matraques. Mes genoux coincèrent. On avait dit de moi que je méritais ma condamnation, que des innocents, des industriels ruinés, s'étaient donné la mort par ma faute, mais je n'étais pas à la hauteur de ma réputation. Il suffisait d'observer autour de soi, de regarder la TV, pour se rendre compte que les vrais méchants, les tueurs patentés prêts à ouvrir en deux leur prochain, grouillaient sur cette pauvre planète.

L'ombre passa devant moi. Je me redressai immédiatement…

9

L'éclat d'une aurore particulièrement ensoleillée me réveilla. J'ouvris les yeux avec difficulté et cillai. Delphine Patrier soupira en travaillant des jambes vers mon côté du lit. Je l'enlaçai, bouleversé par la finesse et la douceur de sa peau, caressai ses fesses en me disant tout ça était éminemment stupide. Je refusai de l'interroger au sujet de son mari. Delphine avait préparé son truc, je lui faisais confiance.

Elle me tourna le dos en se cambrant pour me faciliter les choses…

À chaque fois, c'était la même histoire… Je ne pouvais m'empêcher de me souvenir du temps où Anne peinait à ramper hors du lit, où elle se sentait trop faible pour nous faire un en-cas digne de ce nom. Jouir nous épuisait au point que nous ne pouvions faire le moindre mouvement.

Je me cramponnai aux hanches de Delphine à les briser. Elle manquait de m'échapper, jouissait en donnant des coups de reins dans une espèce de roulis spasmodique. Elle m'encourageait, me remerciait. Au final, elle s'effondra sur l'oreiller en grognant.

— Eh bien maintenant, je sais, lâcha-t-elle. Je sais… Je n'en étais pas absolument sûre. Maintenant, je le sais.

Ses cernes se détendaient. Elle soupira d'aise en s'étirant. M'ausculta du regard, de la tête aux pieds.

— Dis donc, t'es en forme !

Je me retournai de mon côté du lit pour m'asseoir au bord.

— Rentre chez toi.

— Je t'en prie. On ne peut rien y faire, tu m'entends ? Je savais qu'on matcherait.

— Il n'y a pas de « On ». C'est arrivé, une fois. Mais, c'est fini.

— Tu aurais pu me renvoyer…

— J'aurais pu.

— T'en avais autant envie que moi. J'ai bien vu comment tu me matais.

Je la regardai, éberlué. Cette fille allait me causer les pires ennuis.

Elle se redressa mollement en soupesant ses seins encore durs ; elle souriait. Puis, elle alluma une cigarette. Je compris confusément que, dans sa tête, elle s'installait, elle allait devenir ma galante, je comblerais ses prochaines parenthèses adultères. Je vis bien à son sourire qui refusait de disparaître qu'elle concoctait déjà un scénario qui allait plus ou moins dans ce sens.

Je l'observai. Et voilà que la bête se réveillait, à en juger par le violent désir qui me submergea de nouveau, qui me tordit le ventre. J'étais incorrigible. Incapable de la plus petite réflexion cohérente face à la nouveauté d'un corps. Je me jetai sur elle, lui emprisonnai les bras.

Elle me toisa sans desserrer les dents. Il y avait quelque chose dans son regard, comme un défi, une autorité qu'elle pensait, à juste titre, exercer sur moi. Et, je crus aussi entrevoir une forme de colère rentrée, mais je n'y pris pas garde. Puis tout à coup, je compris que Delphine avait dû me surveiller, ou du moins rôder dans les parages. Attendre le bon moment… Et, j'en restai interdit. Mais non, elle avait certainement agi sur un coup de tête, après deux trois verres.

Quelque chose en moi avait tout déclenché, en quelques secondes. C'était du moins ce qu'elle m'expliquait en se versant un café. Elle ne se décidait pas à rentrer chez elle. Chez eux ! Je venais de faire l'amour à une femme mariée, avec tout ce que ça comportait de conséquences possibles. Je tournai autour d'elle. Le soleil joua avec sa blondeur ébouriffée.

— Faut que t'y ailles, là.

Son rire, pris dans un hoquet hautain, m'alerta :

— Tu cherches les problèmes ? j'insistai.

Elle pâlit puis se leva pour me toiser

— Tu as passé un mauvais moment ? Tu t'es ennuyé ?

Sa question me désarçonna. Je battis des bras, ne sachant que répondre.

Elle me prit une main et la garda entre les siennes, sans ajouter un mot. Moi, en la détaillant à moitié nue, souple et douce, je n'envisageais qu'un tombereau de difficultés.

— Je ne suis déjà plus attirante ?

J'eus envie qu'elle parte sur le champ. Le jour éclairait crûment nos corps tendus.

— Rentre chez toi, Delphine.

Je tentai de l'amadouer d'un signe avant même qu'elle n'ouvre la bouche pour me répondre. Une veine palpitait, celle qui suivait sa paupière.

— Ah bon ? Tu en es sûr ?

Encore une fois, son regard me troubla. J'y lus une véritable menace. Je fus interloqué. Mais Delphine se reprit et ramassa ses affaires, tête baissée. Le soleil était haut, la lumière brûlante, le jardin d'une beauté faite pour l'amour. Ainsi, l'horreur et le paradoxe étaient parfaits. Je la chassai en la poussant vers la véranda. Nous marchâmes en silence. La piscine était immobile et bleue, l'allée, bordée de lourdes pierres granitiques, chaude et douce sous la plante de mes pieds. Tout respirait la vie. Mais je ne m'aventurai pas sur ce terrain, je restai sur mes gardes. Maintenant, Delphine me suivait en montrant combien elle acceptait de m'obéir. Je me détestais d'agir ainsi : pas vraiment avec les gens, être continuellement aux aguets prêt à esquiver.

Elle grimpa dans sa nouvelle Fiat, une petite, ronde et rose, garée juste devant chez moi. Bravo pour la discrétion.

Elle se retourna.

— Tu sais, dit-elle, tu n'auras pas d'ennuis. Je suis maligne, je sais y faire. J'ai vécu dans un centre, ado. Il y avait des garçons. On se battait tout le temps.

Fallait faire gaffe. Un soir, j'étais en haut des escaliers et en bas il y avait la salle de télévision. Un mec, qui avait été plutôt sympa, m'a poussé par-derrière. Je pense qu'il n'avait aucune raison personnelle de le faire. Il s'ennuyait. Il a failli me tuer parce qu'il s'emmerdait... Tu te rends compte ? Alors, t'inquiète, je n'ai peut-être pas l'air comme ça, mais je fais plus attention que tu ne sembles le croire, j'ai vite appris.

Sur ces mots, Delphine démarra sa Fiat. J'allumai une cigarette en la regardant manœuvrer. Je vis distinctement comment les choses pouvaient dégénérer. Puis, je fermai le portail et je retournai au bord de la piscine, me demandant pourquoi je n'avais pas eu la présence d'esprit de déplacer sa voiture cette nuit... Je devais me reprendre, sinon j'allais tout droit vers les ennuis et, si j'en avais connu quelques-uns et y avais survécu, je n'avais aucune intention de mettre ma bonne étoile à l'épreuve, de me dépêtrer dans des histoires invraisemblables, le genre d'histoires qui, au bout du compte, finissaient toujours mal.

La partie purement pénitentiaire de mon parcours ne me laissait aucun souvenir cuisant, digne de troubler mes sommeils. J'étais à l'époque l'objet d'une telle absence, due à une longue période de tensions que j'avais endurées jusque-là pour échapper à la meute, que mon esprit s'était déconnecté et n'avait rien enregistré de l'emprisonnement lui-même. Enfermé dans ces huit mètres carrés, je n'étais ni torturé ni accablé.

Mais là, une rage et une fureur contre moi-même m'étouffèrent. Je n'étais pas prêt à perdre ma quiétude. Je n'avais pas le droit de me disperser, je devais consacrer toute mon énergie à me fondre dans la masse, et, si la chance voulait bien me sourire, retrouver Franck Miller avant qu'il ne me retrouve.

Adrian m'avait dit que Delphine l'avait choisi, un soir, dans un bal. Il pensait qu'elle désirait un homme avec un physique ordinaire pour avoir l'esprit tranquille. Je n'avais pas fait de commentaires, mais son histoire me laissait perplexe. Je ne le connaissais pas très bien, nous avions partagé quelques bières après la grosse tempête qui avait tout dévasté dans le coin. Nous faisions partie du premier groupe, celui qui arrachait à la pelle la gangue de boue scotchée à la chaussée. Et, à l'époque, j'avais à peine levé les yeux sur Delphine, enregistrant plus ou moins son prénom, relevant tout juste sa blondeur sous la parka. Il ne fallait pas grand-chose pour se faire une idée de l'ambiance qui régnait au sein d'un couple: une simple absence, parfois un regard ou un silence, et tout était dit.

Je pris une bonne douche et m'installai à la table sous le parasol avec un café. L'air était doux. Je branchai mon téléphone sur le rebord de la fenêtre et, miracle, j'attrapai le réseau. J'avais un appel raté d'un numéro inconnu. Inconnu, alors que cette ligne était dédiée à trois ou quatre personnes, tout au plus. Je poussai un souffle de surprise et je dus faire un effort surhumain pour ne pas réagir davantage. Mon expérience m'avertit que ça pouvait être un piège. Je pouvais aussi me tromper, tomber sur un type désœuvré qui appelait des gens au hasard ou bien un employé d'une quelconque plateforme publicitaire.

Il était temps que je rende visite à l'expert en volets

métalliques, comme je l'avais promis au proprio qui, gros malin, n'avait rien trouvé de mieux qu'un artisan installé dans l'Ariège. J'aurais pu m'éviter une telle corvée s'il avait accepté de livrer le matériel. Mais non : il avait ricané au téléphone, arguant que si tous ses clients lui demandaient de se déplacer, il passerait ses journées sur les routes. Ma commande était prête, emballée, il ne me restait plus qu'à venir la chercher. Autant dire qu'un bon bout de chemin m'attendait.

10

À la radio, un journaliste parlait d'état d'urgence, d'antiterrorisme et d'une rumeur d'alliance de circonstance de services policiers européens employant des sociétés militaires et de renseignements privés aux méthodes douteuses. Rumeur démentie par le ministre de l'Intérieur. Des spécialistes invités par la radio commencèrent à s'écharper au sujet de la juste répression et de la nécessaire utilisation de compagnies coercitives non étatiques… Je leur coupai la parole d'un pouce rageur. Ce monde devenait fou !

La fin du tunnel de Foix s'ouvrit sur une lumière aveuglante. Mes mains se raidirent instinctivement autour du volant avec plus de fermeté et je dus plisser les yeux pour réduire l'éblouissement. Deux heures de départementales depuis Mazamet, par cette chaleur, sans m'arrêter, c'était tout ce que je détestais. Plus de cent kilomètres à conduire comme une brute, cent kilomètres pendant lesquels mon esprit s'était peut-être évadé, quelques grappes de minutes seulement, mais assez pour être troublé en découvrant la Peugeot dans mon rétroviseur. Elle se rapprochait en une accélération constante et agressive, grignotant du terrain chaque seconde, mais demeurant à bonne distance. Et, comme avec un malin plaisir, un reflet jouait dans le pare-brise, interdisant de distinguer quoi que ce soir à l'intérieur. La climatisation toute neuve ne put rien contre une première goutte de sueur qui perla à mes sourcils.

Je soufflai doucement pour évacuer le stress et, loin de se calmer, mon cœur cogna contre mes côtes, laissant un écho douloureux dans ma poitrine, quand la 605 gris métal doubla enfin en déboîtant avec brutalité.

Je maintins ma vitesse. Lèvres sèches.

Non, décidément, j'avais beau réfléchir, la Peugeot n'avait jamais été dans mon rétroviseur de tout le trajet. Je devais me calmer. C'était certainement un commercial qui s'était lassé de respecter la limitation à 60 km/h sur ce tronçon de route quasi désert. Cependant, une petite voix distillait son venin, me chuchotait qu'il y avait encore vingt minutes avant la prochaine intersection et avec elle peut-être une nouvelle 605, avec à l'intérieur des types à la solde de Franck Miller…

La Peugeot, cent mètres devant, se mit à rouler quasiment au pas, à quelques encablures de Ferrières, dans une espèce de brume de chaleur troublée par une nappe lumineuse. Je cillai pour faire le point. Pulsation menaçante, les feux de détresse clignotèrent quelques secondes et prirent la direction d'un McDonald's. On ouvrit la vitre de la Peugeot et on m'invita d'un geste du bras à suivre. Je ne fus pas plus soulagé que ça, mais je savais que ce genre de choses pouvait m'arriver. On traversa l'aire de stationnement, jusqu'à une clôture d'où on avait une vue générale sur l'îlot. Les lieux étaient encombrés par des poids lourds et des berlines de commerciaux. Il y avait là des costards-cravates-portables, des routards et employés pressés, des pères et des mères de famille, des enfants.

Pour l'instant rien ne devait *a priori* m'alerter, sinon de voir le propriétaire de la Peugeot, un jeune homme blond, ouvrir sa portière et regarder dans ma direction... Je sentis la racine de mes cheveux se contracter et la pellicule de sueur se geler entre mes omoplates. La tension grimpa d'un cran, chassant la fatigue. La douleur dans ma poitrine s'intensifia. Un pic bref, soutenu.

Le blond me rejoignit. Il se déplaçait comme un gymnaste; souple, puissant, tranquille. Son visage était empreint de la fermeté qui figeait ceux des militaires commandos ou des gendarmes rodés aux interventions. Le genre de type qui protégeait des dignitaires, capable de jauger une situation rien qu'à la manière dont l'agresseur tenait son arme, qui connaissait les effets de certains calibres dans les organismes, qui avait étudié les dégâts en fonction des ogives et des poudres utilisées...

Il fit le tour de mon véhicule, cogna à la vitre. Je libérai la condamnation centrale.

— Comment allez-vous, monsieur Boral?

Il s'assit en me souriant et en m'offrant sa main à shaker.

— Bogdan. Je suis l'agent de liaison.

Ce mec respirait l'assurance. Son regard était totalement clair, limpide, franc. N'importe qui un minimum distrait ou candide se laisserait piéger.

— Ne soyez ni surpris, ni inquiet, monsieur Boral. On s'interroge, c'est tout.

— Vous me suivez depuis quand ?

— On vous a borné à Carcassonne. Il y a un problème ?

— Aucun. C'est pas ma faute si son artisan s'est installé dans le coin. J'ai pas pensé que ça poserait un problème.

Il opina en prenant un air concentré.

— Bien. Évitez ce genre d'excursion, à l'avenir. Si le propriétaire vous sollicite trop, trouvez un prétexte. Contentez-vous de Mazamet et de ses environs. Nous pensons que vous avez de quoi survivre avec ses commerçants.

Sa moue m'enjoignit à approuver ses bonnes paroles.

— À bientôt, monsieur Boral.

Il me salua d'un hochement de tête millimétré, puis ouvrit la portière. Je le regardai s'éloigner avec un pincement au cœur.

Je repris la route en soupirant. Bogdan ferait son rapport et j'aurais sous peu un appel de Rousseau. Chierie !

Le crépuscule commençait à s'annoncer lorsque je rentrai à Mazamet avec mes volets flambant neufs sur la banquette arrière. Je coupai le moteur et restai dans le garage. Je ne bougeai pas d'un centimètre, dans le noir, la main sur le coffre, les pieds comme englués, les sens exacerbés par le silence.

Je fis un pas. Puis deux. Je gagnai la cuisine, me plantai devant l'évier, puis m'échouai dans le vieux canapé. La nuit passa ainsi. Je regardai le jour se lever derrière le verre des fenêtres, la percée des premiers rayons, jusqu'au moment où l'un d'eux me frappa au visage et m'éblouit. J'essayais de penser au moment où la fatigue me foudroierait, où j'irais m'allonger dans le transat, sous le parasol, en acceptant l'idée que rien de dangereux ne m'arriverait.

Le soleil tout entier passa au-dessus de l'horizon et les prémices du besoin de sommeil s'évanouirent. La tempête avait tout balayé. Les fleurs étaient arrachées, et les plantes grasses luisantes… Il n'y avait pas un bruit, c'était une espèce d'espace-temps entre la fin du monde et son renouveau. Je m'en voulais de n'avoir pas eu le courage de rembarrer le blond, de lui retourner ses paroles par une répartie bien sentie qui lui aurait cloué le bec.

Je m'allongeai, juste en face du jour naissant, pour profiter du spectacle. Le visage plein est, l'esprit momentanément en paix. L'air sentait bon. Les dalles étaient humides sous mes pieds. Il faisait frais, le soleil ne chauffait pas encore. Pour l'instant, il prenait vie dans des tons jaune citron, frappant en une première flèche les contreforts de la montagne Noire, s'amusant avec les perspectives, creusant des ombres, révélant des à-pics.

Je m'endormis en récapitulant les travaux que je devais entreprendre avant l'arrivée de l'automne et les outils qui me manquaient, pour certains aussi vieux que la baraque et que j'avais fini par achever. Rien de bien passionnant. Rien de bien réjouissant.

Delphine baissa la vitre de sa nouvelle Fiat toute rose en me voyant arriver sur l'aire de stationnement du centre commercial. Je faillis piler de stupeur. Puis, intrigué par son attitude, je me garai à sa hauteur en me demandant si un quelconque mauvais génie avait pour mission de me gâcher mes journées… Et, si c'était le cas, il y parvenait fort bien !

Elle avait ouvert grand les yeux, les écarquillant, et me fit un signe impérieux de la main. Un vent frais balayait le parking, des nuages dentelés filaient assez bas à l'horizon, d'autres s'agglutinaient pour composer des oreillers menaçants. C'était forcément sérieux. Sinon, elle n'aurait pas osé m'interpeller, pensai-je. Au moins, elle ne se précipita pas vers moi pour se jeter dans mes bras, c'était déjà ça.

— Il est à cran, déclara-t-elle avant de tourner la tête pour me montrer une ecchymose au bas de sa joue.

Elle avait effectivement un sacré bleu qui gonflait la commissure de ses lèvres.

— Il a failli me casser le nez, reprit-elle. Il m'a frappé avec une bouteille et maintenant je dois l'accompagner partout. C'est un cauchemar. Ça n'a rien à voir avec toi, avec nous.

Avec nous ?

Je restai un moment sans voix, ne pouvant m'empêcher de penser que le seul magasin de bricolage digne de ce nom avait fermé le mois dernier, en mettant une ribambelle de types au chômage. Je regardai en direction des doubles portes automatiques de la galerie marchande où Adrian venait de s'engouffrer à grands pas pressés. Je n'avais vraiment aucune envie de croiser l'espèce de gros singe roux et sa colère. Y avait-il une alternative que de remonter dans la Ford et me caler pour une cinquantaine de kilomètres jusqu'au Leroy Merlin d'Albi ?

Rien à voir avec nous.

En était-elle aussi sûre ?

Je fixai Delphine avec son pansement à la tête et son énorme bleu à la bouche.

— Qu'est-ce que vous avez foutu, Bon Dieu ?

— On s'est battus, fit-elle entre ses dents.

— Quoi ?

— Hier soir. On en est venus aux mains. C'est parti en vrille comme ça. En deux phrases…

— Mais pourquoi ?

— C'était à l'apéro.

— Mais pourquoi ?

Elle haussa les épaules et se laissa aller en arrière dans son siège. Elle faisait son âge, subitement, la trentaine sonnée, le teint pâle de ceux qui abusent du manque de sommeil et des alcools. Elle eut un soupir exténué.

— Tu sais comment c'est, ajouta-t-elle. Les soucis, j'essaie de le rassurer, je le vexe. Il fait de mauvaises affaires, se met dans des trucs pas clairs…

Elle payait pour les frustrations, le sentiment d'impuissance, les factures en souffrance, l'URSSAF qui le harcelait, les clients chiants et bien d'autres choses encore, dont les trucs pas clairs. Je pouvais imaginer n'importe quoi. Le pedigree de Delphine ne jouait pas en sa faveur et vu le profil des types qui se permettaient de l'enlacer devant tout le monde, Adrian avait sans doute de quoi alimenter ses ressentiments. Elle pouvait s'être amourachée d'espèces de moitié voyous moitié gigolos qui avaient le garagiste dans le collimateur. Elle était bien capable de ce genre d'imbécillité.

À cet instant, j'aurais préféré qu'il n'y ait rien eu entre nous. Parce que ça garantissait de sacrés moments de tension, ça pouvait dégénérer comme il fallait...

— Ne me regarde pas comme ça. Je sais ce que tu penses. Sache que je n'ai aucune envie qu'il t'arrive quelque chose.

Je croyais que ma vie était compliquée, mais je me trompais. Certains s'ingéniaient à se pourrir l'existence avec talent. Peu importait, j'avais tout intérêt à ne pas me retrouver au milieu de la bataille, à me tenir soigneusement à l'écart.

Haussant les sourcils, Delphine me zieutait en attendant une réponse.

— On pourrait se voir... ajouta-t-elle d'une petite voix. Quand ça sera tassé.

Je sus que j'avais écarquillé les yeux. Mes mains s'étaient crispées. N'avait-elle pas conscience de la situation ? N'y avait-il pas la moindre étincelle de compréhension dans son cerveau ? Elle avait aligné trois phrases, les avait déballées et, du fond de son siège, dans sa Fiat toute rose, elle n'en tirait aucune conclusion et je lisais un espoir frémissant dans son regard candide. Comment un tel manque de clairvoyance était-il possible ?

Autour de nous, le parking se remplissait et l'on pouvait se rendre compte, à ce moment-là, que la plupart des gens étaient prêts à nuire à leur prochain, à l'écraser ou à l'emboutir et se mettre à hurler, à insulter et promettre les pires sévices, devant des bambins et des grands-parents, prendre un Dieu ou un pompiste à témoin. Et ces mêmes gens votaient, se mariaient sur de belles musiques, en récitant des vers, un bout de texte qui parlait d'amour et d'éternité !

Un type s'impatientait, attendant qu'une mère de famille (trois enfants pas bien grands) lui cède sa place. Elle chargeait son coffre en gérant sa progéniture turbulente et l'autre faisait rugir le moteur de son SUV. Les premiers meurtres du jour se préparaient.

— Il m'a serré la gorge, j'ai failli m'évanouir. Puis, il s'est calmé.

— Merci de m'avoir prévenu, je n'ai aucune envie de le croiser.

On se regarda un instant en silence, puis je lui tapotai l'épaule parce que je ne trouvais rien de mieux pour la consoler et je repartis vers la Ford en ayant l'impression d'abandonner Delphine à son sort. Mais je me rassurai en me félicitant de ne l'avoir ni insultée ni humiliée pour son inconséquence et j'éprouvai aussi de la honte en respirant davantage à mesure que je m'éloignais d'elle. J'étais fasciné par cette faculté qu'avaient certaines femmes de s'acoquiner avec des hommes violents et stupides, qui se fourraient dans les pires déboires à la première occasion, comme si elles sautaient à pieds joints pour mériter le grand bain, celui des vraies nageuses, des affranchies, et surtout pour ne plus avoir pied et de l'eau jusqu'au cou.

Je secouai la tête. Inutile d'espérer les ramener à la raison. Delphine comme les autres. Essayer était une perte de temps. Je connaissais le discours ; ces femmes s'ennuyaient vite avec un quidam lambda, elles préféraient les moins bonnes fréquentations, quitte à en pâtir dans leur chair, c'était l'évidence... Et Delphine ne semblait pas être en reste à cet égard. Je ne pouvais que le constater. Était-ce une conséquence familiale, sociale, une tare quelconque ?

Adrian trempait donc dans des affaires pas claires... les quartiers délaissés des régions touristiques, toutes dédiées au bien-être des Parisiens en goguette, ne formaient que peu de gens rassurés sur leur avenir. Le boulot y était l'exception. Il était le plus souvent saisonnier, harassant. Bref, le boulot ne donnait pas envie de s'y mettre. Et puis, une fois que vous l'aviez obtenu de haute lutte, le boulot, il vous rejetait. Voilà ce que ça donnait : des histoires telles qu'on en voit dans les films, avec des anges Delphine qui, après une adolescence à fréquenter de vrais mauvais garçons, se tournaient vers des types qui trimaient, se lançaient à leur compte, se démenaient pour couvrir leur princesse de cadeaux. Et, passé la lune de miel, la princesse cantonnée dans la maison commençait à s'ennuyer...

En roulant, je repensai aux regards et aux paroles de Delphine. Les deux m'avertissaient de quelque chose, mais je ne parvenais pas à mettre de mots sur ces signaux. Elle m'avait dit qu'ado on la laissait faire ce qu'elle voulait – ce qui, la plupart du temps, consistait à rester allongée sur son lit à ne rien entreprendre d'autre que de boire, fumer – et les adultes qui l'encadraient n'en avaient apparemment rien à faire. À 15 ans, elle avait massacré une nana qui l'avait cherchée. Delphine lui avait explosé une chaise sur le dos puis s'était bien défoulée à coups de pied.

Rien de bien rassurant, comme ce ciel qui était maintenant encombré par des amoncellements gris anthracite, la pluie n'allait pas tarder. Je me demandai dans quelle mesure je devais m'inquiéter. Je n'étais à l'abri de rien, les rivières de la région avaient la fâcheuse tendance à sortir de leur lit pour un oui ou un non. On avait déjà vu des types partis confiants et retrouvés noyés dans leur véhicule avec des sacs pleins de provisions sur la banquette arrière.

Sur la route, je croisai des filles plantées sur les bas-côtés, prises dans le vent. Affublées de fringues fanions, comme ceux des hypermarchés, aux couleurs criardes, dans les tons orangés et bleus. Elles semblaient attendre sans plus rien attendre. Elles n'essayaient pas de sourire. Le message envoyé aux conducteurs mâles était basique, simple, facilement compréhensible, même pour le cerveau le moins développé de mes congénères.

Selon l'épicier, les potes de son fils organisaient le quotidien de quelques-unes d'entre elles, des rendez-vous, soit avec les hommes qu'ils appelaient leurs amis touristes, soit avec des chauffeurs de taxi ou des routiers, des pères de famille pour la plupart. Et ils en connaissaient une pelletée ! Ça se passait ici, dans les véhicules garés à la hâte, dans des arrière-salles de bistrots, des chambres à 30 euros. Des zones à l'abri des regards, des zones sans loi, sans aide, où on pouvait faire mal, seul ou à plusieurs, où on se soulageait de n'être que ce qu'on était.

Parfois les filles se retrouvaient à la gendarmerie. Elles étaient mutiques, avaient oublié la plupart des visages, ceux des clients, ceux des proxos. Mais elles n'oubliaient jamais ce qu'elles subissaient. Avec certains touristes, on ne pouvait plus parler de « passes », mais de rites. Il y avait des mecs violents, qui venaient dans l'espoir d'apaiser leur colère, leur frustration.

Une toute jeune pute leva le bras et les yeux à mon passage. Un truc pour déclencher le désir, sans doute. Je sentis une petite sueur couler sous ma chemise. Dans le rétroviseur, je me fis peur: j'avais l'air d'un vicelard avec un regard à la fois humide et où brillait une méchante lueur. Un vicelard faible et qui n'assumait pas, le genre inoffensif, je me fis horreur.

Et les derniers kilomètres vers Albi s'étirèrent le long d'une départementale envahie par endroits de camping-cars. Aucun routier ne passait par ici. Dans quelle catégorie pêchaient-elles leurs clients? J'accélérai pour échapper à ce tableau, je n'osais songer aux sièges pour bébés dans les véhicules rangés sur les terre-pleins.

11

Je crus à une hallucination, puis à une confusion, une ressemblance. En tout cas, je ne pus l'éviter. Adrian me saluait de loin en propulsant son caddie dans l'allée centrale du Leroy Merlin. Je n'aimais pas me faire peur. Je n'aimais pas marcher le long des côtes quand d'improbables nuages s'amoncelaient à l'horizon, prêts à déferler sur le littoral, et je n'éprouvais aucune fascination pour les visions lugubres, les surprises aux coins des bois. J'avais eu mon lot. L'idée de tout perdre, tout foutre en l'air, tout détruire ne me tirait aucune crispation de plaisir, alors, voir Adrian me causa un choc. Ça me fila les jetons.

Je l'avais laissé franchir les portes d'un centre commercial à 50 kilomètres de là et, cinq minutes après mon arrivée ici, je tombais nez à nez avec son double ! À ce stade d'improbabilité, on parlait de mondes parallèles, de trous de ver, de distorsion du temps, de voyage spatial à vitesse supraluminique !

Il agita encore le bras. Je me sentis projeté dans un vortex, une sorte d'espace où j'étais pétrifié, incapable de la moindre réaction. Je devais avoir l'air du type terrifié, sur ses gardes, prêt à déguerpir. Mais, contre toute attente, Adrian était véritablement heureux d'être tombé sur moi. Sa grosse main m'étreignit l'épaule :

— Christian me dit qu'il t'a proposé son aide.

Christian, c'était son cousin par alliance, garagiste comme lui. Un concurrent. Et je soupçonnais que cette concurrence dépassait le domaine professionnel : il ne le portait pas dans son cœur. Du moins, il y avait du tiraillement entre eux, et ça devait remonter à loin, l'adolescence ou l'enfance.

— T'aurais dû m'appeler !

— Il est temps que j'attaque les pitons et je viens juste de récupérer les volets, argumentai-je comme si c'était une excuse pour ne pas l'avoir tenu au courant.

— On les fait cet après-midi, maintenant même, si tu veux. Christian aurait salopé le boulot.

Ce mec voulait vraiment m'aider. Il était prêt, s'en tapait les mains de joie. Connaissant la teneur des sentiments de Delphine pour son mari, je ne pus m'empêcher de nous détester ; je devinais que dans le monde d'Adrian, l'amour contrarié n'était rien comparé à l'amitié trahie.

— Allez, on s'y met, Thomas, insista-t-il en me décochant une bourrade dans le biceps.

— Et le garage ? Et tes clients ?

— T'inquiète, j'ai un apprenti maintenant. C'est un

gamin mais il en a dans la tête. Il tient la boutique.

J'étais piégé.

— C'est parti, alors.

— T'as raison ! Le plus chiant, ça va être les pitons.

Le propriétaire avait opté pour des volets en acier. Un truc qui pesait une tonne à caler contre les murs. Une paille. Adrian m'aida à choisir les bons outils et m'assura encore que son cousin aurait fait ça vite fait, mal fait. En l'accompagnant dans les travées du supermarché pour bricoleurs, je me mordis les lèvres au sang : Adrian essayait peut-être de m'attirer dans un traquenard avec l'idée de me casser le crâne à la moindre occasion.

Et s'il fallait en rajouter à mon angoisse, en quittant l'aire de stationnement, je passai devant une Peugeot gris métal garée là. Bogdan avait baissé la vitre et fumait une cigarette avec l'air d'attendre quelqu'un. Il leva les yeux, me salua d'un hochement de tête, de cette inclinaison millimétrée à la fois respectueuse et menaçante, histoire que je comprenne bien qu'il n'approuvait pas ma présence si loin de Mazamet. Je sus qu'il fermerait la marche, en voiture-balai. Il serait prêt à me rappeler à l'ordre si jamais Adrian m'entraînait dans quelques incursions sortant du périmètre autorisé.

On travailla d'arrache-pied une bonne partie de la matinée et toute l'après-midi, en plein soleil. Comme Adrian l'avait prédit, rien n'était d'équerre dans ma baraque, et il prit des mesures, posa des calculs à la craie à même les murs, fit des allers et retours, de la piscine au garage, en semblant évaluer la déclivité du terrain, les points de compressions, etc. Après quelques verres, on attaqua un pilier au burin pour préparer des encoches. On avançait bien.

— J'en étais sûr, rigola mon compagnon de galère. Je le savais.

Pratiquement les mêmes mots que dans la bouche de sa femme, la même intonation, aussi. Je fus pris d'un doute. Mais non, il continua à plaisanter en y allant joyeusement à grands coups de marteau, modèle pour adulte. Nous étions torse nu, tout rouges et en sueur. La piscine nous faisait de l'œil, mais nous étions bien partis, en rythme, mettant du cœur à l'ouvrage, attaquant le moellon calcaire et centenaire sans coup férir.

— Tu viens boire un coup à la maison.

Ça lui vint comme ça. Cette seule idée fit se dresser les cheveux sur ma tête. Mais je ne trouvai rien à répondre, aucune excuse, aucun argument bidon.

— Demain alors. Je vais retirer des espèces. Je veux te dédommager, Adrian.

— C'est bien ce que je dis. On boit un coup.

C'était sa manière d'achever une journée passée en ma compagnie. Pas simplement par bonté d'âme, ça crevait les yeux, mais pour entretenir ce rapport privilégié qu'il avait instauré entre nous. Il prenait un véritable plaisir à bosser pour moi, avec moi. Il fallait le voir apposer les coulisses en tirant la langue de satisfaction. Il vérifiait mille fois qu'elles étaient bien droites et les fixait avec des plaques chevillées.

Il était au-delà de minuit quand je le raccompagnai. Sa maison se dressait sur des contreforts de la montagne Noire, derrière un bois particulièrement dense, à près de trois kilomètres de chez moi. La route était crevassée et caillouteuse. Nous étions assommés par la journée de boulot et deux bouteilles de rosé. Je peinai, et, devant, au volant de sa dépanneuse, je voyais Adrian qui dodelinait en consultant son téléphone.

La première chose que je notai en arrivant dans la cour, c'était la porte d'entrée fermée et l'absence d'éclairage. Ici, une fois l'été installé, les gars du coin avaient la fâcheuse habitude de tout laisser ouvert et d'illuminer leur piscine, des fois qu'un voisin aurait l'excellente idée de les visiter pour trinquer un coup et piquer une tête.

Adrian tapota la vitre. Je remarquai qu'il triturait son portable avec nervosité.

— On finira demain, dit-il.

— Non, tout va bien. Laisse donc tout ça tranquille.

— Ça ne me gêne pas. Ça te rend service. Thomas. Réfléchis une seconde. Et puis, ça nous donnera une occasion de se faire des bouffes à la maison. Bon, on se le boit, ce dernier verre ?

— Je passe un coup de fil…

— T'appelle pas Christian, au moins ?

Il tourna le dos, tout content de sa plaisanterie.

Je le regardai. J'étais atterré, mais je ne le montrai pas. Je me vis devenir un intime du couple, sonner les dimanches matin à leur porte avec un bouquet et une bonne bouteille. Pouvait-on accepter de vivre ce genre de situation ?

Je ne pus m'empêcher, en suivant Adrian du regard, avec sa démarche heurtée, ses épaules tombantes, sa lourde sacoche en bout de bras, d'inspecter les alentours baignés dans les halos de la pleine lune. Mais rien ne bougeait, il n'y avait de lumière nulle part, tout était d'un calme absolu. Mais ça ne semblait n'émouvoir que moi.

Le cri de Delphine qui jaillit de la maison m'arracha un hoquet de surprise. C'était un hurlement de terreur totale.

Ma main plongea dans le vide-poches. J'empoignai si violemment ma matraque que j'en ressentis la douleur jusque dans le coude. Je déverrouillai ma portière, attendis quelques secondes avant de l'ouvrir, puis je posai un pied au sol. Et comme il ne se passa rien de particulier, je posai l'autre. Je sentis l'adrénaline se répandre en moi comme un produit radioactif. Le temps d'arriver à la porte d'entrée, maintenant grande ouverte, j'avais le corps en sueur, le souffle haché, le cœur dur, palpitant contre mes côtes.

À l'intérieur, dans la cuisine, je repérai le voyant d'une alarme. Elle était en fonction. Rien au rez-de-chaussée. Un bruit. Je levai la tête et, maudissant mon initiative, montai à l'étage. J'ignorai le son de chacune des marches, lesquelles grinçaient, craquaient, et je fis un ramdam du tonnerre. Foutu pour foutu, je me raclai la gorge :

— Adrian ?

Ma voix tomba à plat. Rien. Le silence.

La porte de la chambre était ouverte sur le couloir traversé par un rai de lune. J'entrai et découvris un lit dans un incroyable foutoir, la couette écrasée dans un coin, les meubles poussés contre les murs et luisants dans la pénombre. Je m'avançai au milieu de vêtements froissés sur les lattes du parquet, ou bien jetés aux quatre coins de la pièce.

— Adrian ?

Il y eut une série de souffles oppressés sortant de la salle de bains. La porte était déglinguée. J'y pénétrai avec précaution. Et là, je vis Delphine, nue, droite comme un I, en compagnie d'un type, bien jeune, un gamin d'à peine vingt ans, immobile, statufié par la peur, et Adrian face à eux, les bras ballants, une masse dans une main, sa sacoche renversée. Il semblait photographier mentalement le tableau tellement il clignait des yeux. Il régnait une chaleur de four là-dedans. Ça sentait la sueur et d'autres choses...

Avec ma matraque, je reculai un peu, et me perdis un instant dans la contemplation des voiles qui dansaient devant la fenêtre ouverte.

Voilà, on y était.

Il y eut des grognements. Adrian tremblait des pieds à la tête. Il paraissait sous le coup d'une attaque cérébrale. Je croisai le regard de Delphine et je devinai une lueur d'espoir au fond de ses magnifiques yeux effrayés. Son amant se crut obligé de bouger. Je voulus le mettre en garde contre certaines initiatives, mais je me contentai de tourner la tête en me décalant d'un pas. Et j'entendis le fracas d'une armoire à pharmacie qui dégringolait en mille morceaux sur le carrelage. Le hurlement de Delphine me glaça le sang.

Hébété, le crâne enfoncé, le gamin leva une main dérisoire face à Adrian qui, tremblant comme une ligne à très haute tension, brandit la masse pour frapper une seconde fois. Masse qu'il abattit malencontreusement sur sa femme.

Le tout n'avait pas duré plus de cinq secondes. Autant dire rien. Cinq malheureuses secondes qui allaient me coûter cher !

Mais le moment n'était pas à évaluer les conséquences.

Il fallait agir: le gosse avait le front ouvert et ensanglanté. Delphine criait sans s'arrêter en se tenant le bras qui faisait un drôle d'angle à partir du coude...

Je ne sus comment, je me retrouvai à traîner dehors puis à charger le jeune gars sur la banquette arrière de la Ford. Je donnai des ordres. Je houspillai Adrian qui, sa colère lessivée par son accès de fureur, obéissait, totalement hébété, totalement ailleurs.

Je démarrai ensuite, direction l'hôpital, en balbutiant des prières. Delphine, juchée sur les genoux de son mari sur le siège passager à moins de 30 centimètres de moi, perdit connaissance après le premier croisement. Son bras cassé pendit lamentablement sur ses cuisses.

Passé son coup de folie, Adrian était maintenant un zombi. Il étreignait sa femme avec le regard dans le vide et des larmes coulaient à torrents le long de ses joues. Ses lèvres tremblaient. Moi, c'était l'amant qui m'inquiétait. Le front ouvert, l'os apparent, le visage gris cendre, presque bleuté, il semblait à peine respirer, assis tout raide sur la banquette arrière.

Franchissant un rond-point, laissant enfin derrière moi les trous et les ornières, j'accélérai franchement. Je roulai vraiment beaucoup trop vite. « Ne fais pas ça ! » enrageai-je sourdement tandis que nous filions dans la nuit, direction le « centre hospitalier Castres-Mazamet », pleins phares, brûlant la politesse aux carrefours, grillant absolument tous les feux tricolores dans la ville endormie.

Adrian sortit alors de son singulier abattement. Il sembla réaliser en fin de compte l'horreur de la situation. Il se mit à bercer Delphine en la couvrant de baisers. Mais, revenue à elle, elle se recroquevillait : qu'il enlève ses mains d'elle, ses mains d'assassin, qu'il cesse de la toucher, qu'il s'écarte, disparaisse. Elle pleurait et hurlait. À un moment, je vis une lueur étrange dans son regard, une espèce d'abandon sous médocs, un vide plein de noirceur. Elle me fit peur.

— Prends mon mouchoir, dit Adrian.

Elle le repoussa. Et lui la fixait avec un air à la fois malheureux et extatique, il la trouvait si jolie...

— Thomas, regarde-la !

Je ne sus que répondre. En observant Delphine et Adrian du coin de l'œil, je ne vis que la folie. Elle contaminait la Ford. Je perçus aussi les premières flammes d'un brasier qui allait tous nous carboniser.

— Elle est plus belle que toutes les femmes que j'ai connues.

Adrian posa le front contre l'épaule de sa chérie. Ses lèvres remuèrent et j'entendis à peine ce qu'il disait. Il buvait trop, ça le rendait agressif. Il cherchait les ennuis. La plupart de leurs sorties se terminaient par des cris, des bagarres, il y avait toujours un type qui s'arrêtait de rire ou de parler, qui tournait la tête vers elle, qui la voulait, un type qui devenait fou après avoir posé les yeux sur Delphine...

Chacun son poison. Je pensai à Anne. Elle me manquait tellement, parfois. Ça me frappait sans prévenir, comme une main qui enserrait mon cœur puis le relâchait doucement. Alors, oui, j'étais plus que coupable, elle avait de bonnes raisons, elle avait le droit de désirer ma mort. Ce n'était rien de le dire.

On arriva dans la zone pavillonnaire. Encore cinq cents mètres et on y serait. L'air devenait irrespirable dans la Ford. Depuis quelques minutes, j'évitais de regarder dans le rétroviseur, de peur qu'il me renvoie l'image du jeune apprenti. D'un coup, les yeux de Delphine tournèrent dans leurs orbites.

— Mon Dieu ! Mon Dieu ! paniqua Adrian.

À peine garé devant l'hôpital, il sauta en marche pour extraire au plus vite sa femme de la voiture. Son bras cassé parut s'étirer et tomber mollement. Ça la réveilla et elle se raidit contre Adrian, dans un spasme, et s'accrochant à lui, l'appela chéri.

Autour, le vent qui rendait fou balayait tout et un infirmier arriva au pas de course :

— Pouvez pas rester là. Les urgences, c'est l'autre côté.

Delphine contre sa poitrine, Adrian poussa un rugissement en fonçant tout droit, pénétra dans le hall d'accueil en hurlant :

— Au secours ! À l'aide.

Les blouses blanches se récrièrent avant de découvrir l'amant. Totalement gris, granitique, il semblait cette fois avoir relâché son dernier souffle.

Je ne me sentis pas très bien. Des mains me soutinrent.

Je dus sombrer quelques minutes. Je repris conscience assis sur un banc, dans un couloir trop éclairé. Dans quelques heures, on verrait le jour se lever derrière le verre dépoli des fenêtres, le scintillement des premiers rayons, et la vie reprendrait ses droits… Mais, à cet instant, tout était noir autour de l'hôpital.

J'essayais de penser au moment où je pourrais aller me coucher et m'endormir en réalisant que j'avais tout imaginé, inventé, la fatigue et l'alcool aidant. Je profiterais de ce repos amplement mérité. J'aimais me réveiller avant que le soleil tout entier soit déjà passé au-dessus de l'horizon. J'aimais déambuler dans le jardin, du côté de la piscine, avec mon bol en main. J'aimais l'idée qu'une tempête ait balayé la montagne Noire toute la nuit, que le monde soit à nouveau propre. J'aimais me lever à l'aube pour profiter du spectacle, quand l'air sentait bon, faire quelques pas dans la fraîcheur, alors que le soleil ne chauffait pas vraiment, brillait dans la rosée, prenait des rapaces dans ses rayons sur un fond de ciel délavé. J'aimais toutes ces petites choses de la vie et je n'aimais pas l'hôpital et le regard du gendarme sur moi. Il avait des favoris gris et fournis qui lui tombaient sur les oreilles.

– Adjudant Berthier. Vous êtes la personne qui a accompagné monsieur et madame Patrier et… monsieur Julien Reboux ?

Au lieu de lui poser des questions, de m'inquiéter pour la santé de Delphine et du sort réservé à Adrian, je regardais ce Berthier me dominer de toute sa taille. J'étais circonspect. Alors, j'arrondis le dos. J'avais cru comprendre que le gamin, l'apprenti Julien Reboux, n'avait pas passé la nuit.

— Vous avez une pièce d'identité ?

Je n'en avais pas.

— Nous sommes partis en pleine panique. Y'a ma voiture dehors.

— Oui, on a vu. Bon, de toute façon, vous serez convoqué. Donnez-moi votre nom, votre adresse…

— Ha oui ?

Son collègue arriva du parking. Ils avaient maintenant l'immatriculation de la Ford. Les deux échangèrent des regards qui me parurent de mauvais augure. Ces types entretenaient le genre suspicieux, inquisiteur. Le plus jeune fit saillir ses muscles en me détaillant des pieds à la tête. Quelque chose en moi semblait lui déplaire. Sans doute mon attitude soumise, ou bien les taches de sang sur mes habits poissés de sueur, la couleur de mes yeux, peut-être tout ça à la fois…

Je dus admettre qu'ils me déstabilisaient comme il fallait, alors que j'avais une certaine habitude des manœuvres policières. La fatigue, probablement. Après les événements de la nuit, j'avais fini par retrouver mon calme, plus ou moins, mais la simple vue de ces flics, de leur tenue bleue, me travaillait l'estomac, me replongeait dans l'action démente, la crise de folie meurtrière d'Adrian.

À cet instant, j'étais incapable d'engager une conversation ordinaire, mon esprit ne fonctionnait plus normalement.

— Ça va, monsieur ? On a quelques questions pour bien comprendre… Vous êtes ami avec monsieur et madame Patrier ?

Je hochai la tête en me recroquevillant mentalement.

— Vous avez assisté…

Il enchaîna une série d'interrogations. Il posait les bonnes. Ça ne devait pas être bien compliqué pour lui.

J'acquiesçai à chaque fois. Je dis oui à tout. J'étais celui qui avait tout vu, du début à la fin. Je tentai de lui raconter le déroulé de l'histoire, mais je m'embrouillai. Il me répéta que je serais de toute façon convoqué, puis, après ce qui ressemblait à une intense réflexion, il changea de ton, me demanda carrément si j'étais impliqué dans quoi que ce soit.

— Comment ça ?

Il me reposa la question, à savoir si j'avais une quelconque responsabilité dans le coup fatal ayant entraîné le décès du jeune Reboux.

— Mais non !

J'étais resté assis des heures sur un banc dur, sans vraiment fermer l'œil avec sérénité, ne trouvant jamais le repos, ignorant qui allait mourir ou vivre. Me pliant parfois en deux, le front sur les genoux, occupé à ne pas trembler comme un pauvre nonagénaire. J'avais passé l'une des plus terribles nuits de mon existence.

L'adjudant Berthier s'inquiéta.

— Vous voulez un médecin ? me demanda-t-il en posant une main sur mon épaule.

Il ne me quittait pas des yeux. Soudain, je vis dans ses pupilles petites et noires qu'il avait pris une décision.

— Donnez-moi les clefs de votre véhicule, monsieur Boral, ordonna-t-il. Vous allez nous suivre, c'est mieux.

Non ! Non ! Non !

— Monsieur ? Ça va ? Vous vous sentez bien ?

Je n'entendis plus distinctement. Les mots me parvinrent de loin. Les phrases perdirent leur sens. Rien, des crachotements. Je me dirigeai d'autorité vers le sas d'entrée. Je lui tournais le dos, sortis à grands pas sans me retourner.

— Hé ! s'exclama le jeunot baraqué. Revenez ici !

Il m'attrapa par le poignet, le tordit sous mon omoplate. Au lieu de perdre l'équilibre, je pirouettai et le frappai à l'oreille du plat de la main. Un pur réflexe. Il poussa un cri de douleur en se tenant le crâne. Son collègue me sauta dessus. Je l'esquivai en me regroupant, me retrouvai entre ses bras ballants. Un second, parfait et stupide réflexe. Je vis nettement où j'allai porter une réplique unique, sèche et dure comme la pierre, comme je vis aussi dans ses satanées pupilles petites et noires que mes prochains actes décideraient de mon futur immédiat…

Alors, j'écartai les mains pour bien montrer que je regrettais ma réaction. Je voulais m'éviter des ennuis et une suite particulièrement violente pour eux ou humiliante pour moi : mis à terre, nez contre le carrelage, un genou écrasant ma nuque, un poids énorme me coupant le souffle. Rien ne servait d'en venir à de telles extrémités.

Musclor me foudroya du regard et on en resta là dans les démonstrations de force.

12

Adrian avait disparu, happé par l'appareil policier. Puis j'appris qu'il avait été transporté au centre psychiatrique du coin, mis en contention, shooté comme un rat de laboratoire. Pour son bien, m'assura Berthier.

Je frissonnai dans ma chemise poisseuse. Le gamin était mort. À peine 20 ans, titulaire d'un BAC professionnel maintenance de véhicules automobiles. Je me répétai ces quelques mots, comme un mantra qui m'aiderait à m'accrocher à du concret. Tout le reste – la nuit d'horreur, mon interpellation – m'apparaissait flou, irréel.

On m'interrogea à la gendarmerie, sur une chaise inconfortable, et ma gorge produisait des bruits affreux, des raclements de fumeur en fin de vie.

J'avais faim et soif. Je voyais arriver les ennuis en posant pratiquement les pieds dessus. Ils venaient vers moi comme un paquet échoué sur mon rivage, porté par les rouleaux. Ce n'était pas la première fois. Une histoire de courants, de vents contraires, je ne savais pas trop, mais qui donnait raison à Anne, Rousseau et aux juges. J'étais celui qui ramassait le ballot au lieu de détourner le regard et de garder un bon cap dans sa vie. J'étais celui qui avait toutes les chances de tomber sur un kilo de cocaïne et décider de ne pas prévenir les flics.

On me déplaça après une heure ou deux, ou trois. Je ne savais plus. Et comme un gendarme me demandait si je voulais voir un médecin, je me tins aux accoudoirs pour ne pas m'effondrer et j'attendis que les tremblements de terre intérieurs s'arrêtent. J'étais moite, mon ventre gargouillait.

— On ne vous reproche rien, monsieur Boral. Vous êtes le seul témoin du drame. C'est une audition libre.

Maintenant Berthier passait des coups de fil et parlait comme un journaliste en feignant d'oublier qu'il avait employé un autre ton, que j'avais eu droit à l'inquisition quelques heures plus tôt.

Il leva les yeux de son écran avec une lenteur calculée.

— Ha... vous êtes donc connu de nos services.

Dans son regard, je vis bien qu'il comprenait mieux ma réaction, ce qu'il nommait une tentative de soustraction à l'autorité. J'avais pris peur, c'était un réflexe qu'il concevait, vu mon CV, comme il disait. Il passa encore un appel et raccrocha quelques minutes plus tard, en me fixant avec un air différent, comme choqué. Ça dura un moment. Puis il laissa échapper un long soupir. Trois ans de taule, ferme, ça se posait là. Ça occupait l'espace du bureau, ça le remplissait, même.

Je me forçai à ralentir ma respiration, à contenir les battements de mon cœur.

Et ça continua : je devais bien comprendre qu'il leur incombait de définir les faits. Avec exactitude.

— Monsieur Patrier tenait son marteau dans la main droite. C'est bien ça ? Il est droitier ?

Oui, non. Je ne savais plus. Tout s'embrouillait. Quelle importance ?

— L'angle, monsieur Boral. C'est pour déterminer l'angle.

Sous-entendu que quelqu'un d'autre aurait pu les asséner, les fameux coups...

— Vous arrivez dans la salle de bains. La lumière était allumée ?

Je répétai mon histoire. Je répondis aux nouvelles questions en faisait preuve de patience, comme je pus, avec bonne volonté. Je fus même déférent. Berthier m'encouragea du regard par-dessus l'écran de son PC. Ça cliquetait. À un moment, je devinai qu'il avait décidé de lever le pied, de desserrer l'étreinte. Il voulut bien me montrer qu'il ne croyait pas à mon implication, que j'avais, comme je le ressassais, juste tout fait pour débarquer le plus vite possible à l'hôpital.

Heureusement, Adrian avait hurlé sa culpabilité avant d'être shooté, un témoin s'était fait connaître pour me désigner comme le chauffard qui lui avait refusé une priorité. Il avait eu le temps de noter les premières lettres de la plaque d'immatriculation. Ça concordait. Mon discours était incohérent, haché. Mais le récit lui, l'était, cohérent, et je ne m'étais jamais contredit. L'accent de la vérité transparaissait dans chaque ligne du procès-verbal qui prenait forme.

Et en même temps, j'étais aussi un ancien repris de justice qui avait eu le front de venir s'installer sur leurs terres. Et ça leur déplaisait. J'apportais le doute dans leur fief.

— On a retrouvé une matraque télescopique dans votre véhicule…

Dans mon brouillard mental, ma totale confusion, j'avais tout de même prévu cette question, et d'autres ; elles appartenaient à la colonne des inévitables, celles qui établiraient mon profil, qui les aideraient à déterminer si j'étais fiable, digne de confiance, ou bien un sacré dissimulateur, un criminel.

— Pourquoi conservez-vous une arme ?

— Quand vous avez été agressé, vous adoptez de mauvaises habitudes. J'en ai aussi à mon domicile.

Évidemment, ils gardaient le meilleur pour la fin. Pour me montrer à quel point il ne fallait pas les prendre pour des amateurs, et que mon discours vérité ne les impressionnait pas plus que ça, qu'ils pouvaient le détruire en quelques secondes…

— Nous souhaitons lever tous les doutes, monsieur Boral. Vous n'êtes soupçonné de rien, mais admettez que vous avez des antécédents… et que les circonstances ne sont pas clairement établies.

Berthier avait la mine du chipoteur qui hésite entre le dessert et le fromage. Je savais déjà que je dirais oui à tout, tout ce qui pourrait jouer en ma faveur. Je n'avais pas vraiment le choix.

—... Acceptez-vous que nous visitions votre domicile, en votre présence ? Vous pouvez refuser.

— Oui, allons-y. Mais je vous préviens, c'est le foutoir.

Berthier quitta alors le bureau, me laissant avec l'adepte de la musculation qui semblait se poser des paquets de questions à mon sujet.

— On y va, monsieur Boral.

Je me levai en souriant, sans trop en faire, en homme qui ne craignait rien de la suite. J'adoptai ainsi la posture du pauvre type qui ne comprenait pas bien les enjeux de la situation, mais qui pouvait faire preuve de zèle. Je restai dans un escalier quelques instants, attendant le départ, que d'autres gendarmes se joignent à nous. On cherchait les clés des véhicules, on téléphonait.

Le jeune baraqué, à quelques mètres de moi, à la manière dont il se comportait, inclinant la tête sans me quitter de l'œil, dans une attitude soupçonneuse, m'envoyait un message ; il n'était dupe de rien, j'avais des choses à me reprocher, nous savions très bien de quoi il retournait concernant ma situation.

Alors à attendre ainsi, les événements de la nuit me revinrent doucement. Adrian, avant d'être maîtrisé par des aides-soignants et deux pompiers, avait hurlé qu'il voulait encore tuer, tous les tuer, tous ceux qui convoitaient sa femme, qu'il était fou, qu'on devait l'arrêter, que si on le laissait faire, il se vengerait sur Delphine. Il hurlait aussi qu'il l'aimait par-dessus tout, plus que lui-même...

Je n'étais intervenu que pour décliner les identités

de chacun. Je ne m'en étais pas trop mal tiré, en fin de compte.

Mais maintenant, j'avançais sur le fil du rasoir. Je pouvais tout leur déballer au sujet de Delphine. De moi. De Delphine et moi. Il était encore temps.

Ça se joua en une poignée de seconde. On grimpa dans une fourgonnette. Berthier était au téléphone. Musclor me dévisageait. Je ne dis rien. Mentir par omission me plongea aussitôt dans les affres du coupable potentiel.

13

Quinze jours plus tard, je récupérai la Ford dans un état psychologique particulier, entre appréhension des événements à venir et soulagement que ceux des dernières semaines se soient plus ou moins soldés. De l'autre côté de la route, le garage d'Adrian était fermé, et les fanions aux couleurs d'un pétrolier claquaient dans le ciel bleu. Toujours ce maudit vent.

Je passai en accélérant, en espérant pêle-mêle ne pas avoir à m'arrêter, ne croiser aucune connaissance, que le feu tricolore situé sur la place du village soit au vert, que Delphine déménage rapidement, qu'on finisse par oublier cette histoire, et surtout, que les regards ne se tournent pas vers moi à chaque fois qu'on évoquerait le coup de folie d'Adrian Patrier, comme si je l'avais forcé à faire quoi que ce soit, ou influencé de quelque manière.

La mise en terre du jeune apprenti avait eu lieu le jeudi précédent et je m'étais enfermé à double le tour, ce jour-là.

Je peinais, penché sur le volant, les paupières plissées. J'y voyais à peine. Le ciel était cristallin, il en tombait des colonnes de chaleur qui chauffaient le bitume et transformaient la moindre respiration en expectoration de forge.

Il avait fallu deux semaines aux gendarmes pour me rendre la Ford. Il ne fallait pas être bien malin pour deviner qu'elle avait été passée au peigne fin, avec des séances de divers prélèvements par des types en blouse blanche. Jusqu'au dernier moment, j'avais redouté que Berthier ne change d'avis, pour me soulever de terre et me jeter dans une cellule. Mais Berthier avait reçu ce fameux appel de sa hiérarchie…

Le chemin conduisant à la maison apparut enfin, blanc, lumineux, comme tout le reste. La porte du garage me sauta pratiquement au visage. Je coupai le moteur, fis quelques pas dans la cour. Je ne parvins à détourner le regard : les volets métalliques installés par Adrian se dressaient, neufs, compacts, lisses et froids sous le soleil. Comme tous les matins depuis le drame, le choc était vraiment rude. Oui, sans doute, mais j'avais le temps pour me reprendre, maintenant. L'étau autour de mon cœur se desserrait. On se croyait toujours plus fort qu'on ne l'était en réalité. La vie se chargeait de vous remettre à votre place.

J'ouvris la porte en me jurant de ne l'ouvrir à personne dans les mille prochaines années. Rester seul et ne plus prononcer un mot. C'était ma dernière volonté.

Les gendarmes n'avaient pas été trop chiens. Ils avaient confisqué quelques armes de catégorie D, dont la détention ne constituait pas un délit. Mais tout était affaire d'interprétation : une lampe LED d'une capacité de 130 lumens, capable d'aveugler un éventuel agresseur, combinée à un puissant *shocker* développant une tension de trois millions de volts ainsi qu'un revolver Soft Gomm projetant des balles en plastique, avaient été saisis sans autre forme d'explication. Ils n'avaient pas tout trouvé. La baraque était plus ou moins en ordre après leur passage. Ils avaient même laissé le PC.

Tout mon corps bouillonnait, mes tempes battaient. Dans le jardin, je restai un moment à scruter les alentours en me demandant ce que je redoutais, au juste. Ma peur se muait en peurs. J'avais besoin de retrouver mon calme, de prendre conscience de ce qui arrivait : j'étais mêlé à un meurtre et mon nom devait circuler dans des fichiers de la gendarmerie. Il fallait bien nommer les choses : un meurtre. Un gamin de vingt ans s'était pris un coup de masse en plein crâne et n'avait pas survécu. Il était mort dans la Ford. Ma Ford. Désormais, je pourrais à tout moment voir débarquer la police. Au mieux, j'attirerais la curiosité, j'alimenterais les conversations dans les bars, les messes basses, les plaisanteries grivoises. Au pire, le réseau de Miller fonctionnerait à plein et il dénicherait l'adresse de mon refuge.

À midi, j'en oubliai de manger. Je regardai les informations régionales. Elles montraient le bâtiment d'une unité psychiatrique de Carcassonne, des infirmiers épuisés, un couloir de l'hôpital. Si l'affaire se révélait intéressante, on verrait sous peu des interviews de témoins, ceux qui avaient connu Adrian, d'un spécialiste des crimes passionnels, tous, le nez en avant, semblant renifler et s'exciter comme des chiens chasseurs de gibier.

En fin d'après-midi, je mis la radio en marche et lançai tout de même une plâtrée de pâtes. Toujours en pilotage automatique.

Une voix féminine à l'accent de la région annonça de fortes rafales dans la nuit. « Il faudra fermer vos volets. » « C'est déjà fait, madame », plaisantai-je. Je me surpris à hocher la tête en ouvrant une bouteille de cognac. L'alcool brûla tout sur son passage, répandant un véritable lac de lave dans mon estomac.

Maintenant que j'avais une bonne idée de ce à quoi ressemblait l'esprit de Delphine, Adrian aurait pu partager ce verre avec moi. Je l'aurais accueilli avec plaisir, malgré ce qu'il avait fait. Une sacrée salope, tout de même ! Avoir le feu au cul à ce point, ça tenait de la pathologie lourde ! Spéculer sur le retard de son mari, se dégager assez de temps pour le tromper sous son toit, inventer des stratagèmes d'évitement, ne requérait pas des qualités humaines au-dessus de la moyenne. Décidément, je choisissais mes partenaires avec un discernement certain ! Et son regard… Je ne parvenais toujours pas à mettre un mot sur ce que j'y avais lu. Ça brillait dans le fond des iris, ça brûlait, comme un feu. Non, comme des braises ne demandant qu'à s'enflammer à nouveau.

La perquisition s'achevant, au moment de retourner à la gendarmerie, j'avais été tenté de vider mon sac, de tout leur dire pour soulager ma conscience et remettre mon destin entre leurs mains. Mais, j'avais déjà fait cette erreur par le passé, en avais payé le prix, et m'étais promis de ne jamais la réitérer.

« C'est bien, tu m'as dit la vérité, mais puisque tu ne m'écoutes pas, je ne peux apparemment pas t'empêcher de faire ce que tu veux. » avait dit Anne dans les derniers moments. « Simplement, je ne veux pas que tu nous mêles à tes histoires, c'est tout. »

Oui, j'avais compris.

« Alors ne fais pas tes saloperies devant moi, c'est tout ce que je demande. Je refuse que les types de Miller nous approchent. Je ne vais pas me greffer des yeux dans le dos. »

Pour elle, pour la libérer de ce poids, je m'étais mis à nu, j'avais accepté l'offre de Rousseau. J'avais déjà détourné un bon paquet de fric et pour sauver ma peau je pouvais bien trahir Miller. Je n'étais plus à ça près. C'était la seule solution que j'avais entrevue, à l'époque.

Je me postai à nouveau devant la fenêtre. Comment avais-je pu me fourrer dans cette histoire ? Qu'est-ce qui chez moi m'entraînait toujours vers les ennuis ? Ça venait de l'enfance, de mon incapacité à trouver un job régulier, de refuser l'amitié des types en marge, des tcharbés, des bizarres, à repousser le désir des femmes à problèmes. J'avais l'impression d'écoper une barque qui ne cessait de se remplir…

La maison me parut soudain trop vaste, trop grande. Je ressortis et mangeai mes pâtes au beurre sous le parasol. Je n'avais pas très faim, mais c'était ça ou bien m'écrouler sur place. Je mis un casque et j'écoutai quelques chansons de Massiat. Mais j'avais beau faire, invariablement, mes pensées allaient vers Reboux. Le jeune Reboux qui ne respirait plus sur cette Terre. C'était terrifiant quand on y pensait. Cette fois, ça ne faisait plus aucun doute ; cette histoire me hanterait un moment…

J'avalai un second verre de cognac pour faire glisser les pâtes. Dans mon état de fatigue, ce n'était vraiment pas raisonnable, aussi, je m'échouai doucement dans un transat au bord de la piscine. Comme promis par la speakerine, une nouvelle tempête se levait, au loin. J'estimai que j'avais jusqu'à la soirée avant le grand chambardement…

J'ouvris les yeux deux heures plus tard, la tête lourde et le corps frais. Le soir tombait prématurément, apporté par une armée de nuages noirs qui était maintenant au-dessus de moi. Cette fois, je rentrai avant d'avoir à livrer une lutte sans merci contre les éléments. Je restai quelques minutes devant la fenêtre, l'esprit vide, ailleurs, atone, sans plus aucunes connexions. J'avais besoin de me débrancher, faire un Reset complet. Puis montai me coucher. J'avais un sacré déficit de sommeil à combler et remis la vaisselle à plus tard.

Je poussai la porte de la chambre quand j'entendis le bruit d'un moteur au ralenti, ou plutôt celui émis par un véhicule manœuvrant. Je me gardai bien de bouger. Ça dura un moment et je restai figé, dans la pénombre, à deux pas de mon lit. Je ne ressentis aucune peur, c'était juste un réflexe de vigilance. Puis, je compris qu'on avait coupé le moteur…

Alors, je me laissai glisser au sol. Mes doigts cherchèrent la bonne latte de plancher et, une fois trouvée, la descellèrent en exerçant une pression et se refermèrent sur une des armes dont je savais qu'elles échapperaient à l'opiniâtreté des gendarmes. C'était un pistolet, pas très impressionnant, qui tirait des balles de caoutchouc particulièrement compact et dur. Ça vous couchait sur place en vous laissant des hématomes gros comme un ballon de hand.

Je descendis l'escalier. Celui-ci, je le connaissais, et je fis ça dans le plus parfait silence. Je décondamnai la porte d'entrée, ouvris en grand. Le vent commençait à tourbillonner bien furieusement. Ça n'allait pas tarder à devenir intenable.

Je vis Bogdan penché de la route sur le jardin, pour épier. Il grimaça en avisant l'arme. Mais derrière cette grimace, je ne sus ce qu'il ressentait réellement. Il ne parut pas plus effrayé que ça, mais reflua tout de même jusqu'à la portière restée ouverte. Son véhicule n'émettait aucune lumière.

L'idée de prévenir les gendarmes m'effleura, mais ça n'aurait eu aucun sens. Ce fut lui qui prit l'initiative. Sa voix surgit dans la nuit précoce :

— On peut parler, monsieur Boral ?

Je hochai la tête, les yeux fixés sur ses mains. Au moindre doute quant à ses réelles intentions, je me promis de lui en balancer deux dans les cuisses. Nous restâmes ainsi, sans bouger, durant une bonne minute, dans le vent fou qui battait et plaquait nos vêtements contre nos corps.

— On peut.

Moi aussi, j'étais étonnamment calme, disponible

pour un affrontement. Il passa devant moi, les bras légèrement écartés, mains bien en vue. Comme ça, sous cet éclairage et dans cette attitude, il ne pouvait plus dissimuler sa véritable nature, celle d'un militaire en civil. J'étais sur mes gardes mais je n'avais pas peur. Je lui fis signe de rentrer le premier dans la cuisine. Il marqua une hésitation. On sentait poindre un début d'appréhension chez lui, et je n'étais pas malheureux de provoquer cette réaction, de posséder ce pouvoir. Il attendit de voir en se tenant à bonne distance, planté près du réfrigérateur, mais je devinai qu'il commençait à se demander si je n'allais pas tout bonnement faire une bêtise, chez moi, à l'abri des regards.

— Alors ?

Nous étions le 3 août.

Il se racla la gorge.

— Maître Arnaud s'est pendu. On l'a trouvé ce matin.

Sa voix avait pris des intonations de rapport médical.

Je m'assis.

À cet instant, je pus lui sembler affecté par la nouvelle et perdu dans mes pensées. En réalité je ne ressentais qu'un grand froid. Cette mort, ce suicide, était incompréhensible. Rien dans la vie de l'avocat n'aurait pu laisser envisager un tel acte. Ça n'avait aucun sens. Absolument aucun.

— Rousseau veut vous parler. Voilà.

Il écarta encore largement les mains en fixant l'arme que je posai alors sur la table. Avant que j'aie pu esquisser un autre geste, il s'en empara, désengagea le chargeur, démonta proprement la glissière et reposa le tout. Ça faisait un petit tas d'objets métalliques sur la nappe cirée.

Je décrochais. J'étais propulsé des années en arrière: je rêvais de devenir courtier lorsque j'avais une trentaine d'années, puis j'avais intégré l'équipe de Franck Miller... L'histoire s'était très mal finie des années plus tard. Et là, ce soir, je craignais le pire. La mort d'Arnaud me plongeait dans un puits d'incertitudes... Pourquoi? Comment? J'avais beau me concentrer, rien n'y faisait. C'était incompréhensible.

— Qu'est-ce qu'ils veulent?

Il eut un léger sourire ennuyé en piétinant sur place.

— Ce sont les gradés, monsieur. C'est Rousseau.

Mes anciens réflexes jouèrent. Un peu trop rapidement à mon goût.

— Dites-moi la vérité, je vous dédommagerai. Il n'en saura rien.

Son sourire se transforma instantanément en un rictus qui réussit l'exploit d'être à la fois outré et méprisant. Bon, je ne devais tout de même pas oublier que ce type pouvait me briser un bras sans même y réfléchir.

— Vous êtes seul?

Les gens comme lui ne bougeaient jamais à moins de deux.

Il hésita avant de donner une réponse dans un sens ou dans l'autre, puis il haussa une épaule. OK, il avait décidé de me laisser dans l'ignorance. Je n'allais pas lui faire le plaisir de m'inquiéter plus que de raison.

— Tu peux lui dire que je suis à sa disposition.

Le commando tout blond regarda alors autour de lui, du sol au plafond, puis il sortit de la cuisine.

Rousseau… Au moins, je savais qui était l'auteur de l'appel inconnu. Je ne les prenais jamais, de sorte à m'épargner les pièges d'éventuels journalistes ou de types surgis de mon passé et décidés à me faire la peau.

— Alors, à bientôt, monsieur Boral. Bonne nuit.

Bonne nuit… Je ne me couchai pas, sachant qu'il me serait quasiment impossible de fermer l'œil. Quand j'y pensais, ces dernières années j'avais soigneusement évité toutes les Delphine de la Terre. Je ne fréquentais jamais les endroits qu'elles affectionnaient et je ne répondais à aucune sollicitation, encore moins à celles de voisins. J'étais sérieux, mais bon. N'empêche que. Et là, quelques mois après mon arrivée ici, je prenais l'habitude de descendre en ville, de me faire beau pour boire des coups… Autant dire que j'avais cherché les ennuis, que je méritais ce qui m'arrivait. Une chose en ayant entraîné une autre, je me suis retrouvé à assister à un crime, à transporter un pauvre type avec son crâne défoncé en compagnie de son meurtrier… Imbécile !

Je finis par mettre la main sur une boîte métallique que j'avais soigneusement cachée dans le garage, derrière un compteur électrique inopérant depuis un bail. Je la savais pleine de coupures de presse et de photos d'Anne. Je l'ouvris et la refermai instantanément, comme si pouvaient s'en échapper et s'incarner tous les démons de mes anciennes activités… Puis, je versai un restant de white spirit à l'intérieur, j'arrosai copieusement et j'y mis le feu. C'était plus symbolique qu'autre chose. Mais, j'en avais besoin. Comme pour le cognac, la veille.

Les vapeurs et l'odeur d'alcool me sautèrent au visage et je fermai un instant les yeux. J'espérais secrètement que l'entreprise prendrait assez de temps pour que je puisse me remémorer les rares bons moments d'avant l'incarcération. Il n'y eut bientôt plus qu'un ridicule tas de papiers tordus et noircis baignant dans une mare charbonnée au fond de la cassette.

Je jetai le tout dans un conduit d'évacuation tandis qu'un gargouillis dans mon estomac m'avertissait que je devais m'alimenter. Je restai encore un instant dehors, dans les bourrasques et une infime odeur d'essence qui s'évapora rapidement.

La température chuta brusquement, l'air devint glacial. Je rentrai dans la maison et me barricadai. À la radio, la speakerine annonça une vigilance orange rouge tirant sur le rouge rouge, avec de fortes précipitations prévues dans les quarante-huit heures.

Au matin, ce fut un silence qui m'alerta. Je pris conscience qu'un bruit de moteur venait de cesser.

Je me levai et pris le temps de goûter mon café, un mélange en grains que l'épicier de Mazamet faisait venir du Costa Rica et que j'avais plaisir à broyer moi-même. J'ouvris la porte et vis Rousseau qui, les mains enfoncées dans les poches, descendait de la 605 en resserrant contre ses cuisses les pans de sa surveste. Un tourbillon blanchâtre de pétales voleta autour de sa tête. Il eut un geste agacé et avança d'un pas précipité.

Le nez au-dessus de la tasse encore fumante, je l'observai. Il n'avait pas changé, traînait toujours cette allure de comptable concentré, avec sur le visage un air ennuyé, voire accablé, qui trompait les moins vigilants. Cet homme était dangereux, impitoyable. Il se servait de moi, mais en retour il avait allégé mon dossier, omettant quelques chefs d'inculpation. Les juges s'étaient alignés et Rousseau n'avait pas manqué une occasion de me rappeler qu'il pouvait encore me fourrer dans les pires ennuis.

Salopard.

À le voir ainsi, presque hésitant, planté sur le paillasson, à attendre que je daigne l'inviter à entrer chez moi, je ne pus m'empêcher de penser que ce type, soi-disant à la retraite, avait à lui tout seul envoyé croupir en prison l'effectif au complet, à peu de chose près, d'Intermediation Group, l'organisation de Franck Miller.

Je m'effaçai à contrecœur.

Le jeune commando apparut alors comme par enchantement, sur ma gauche, pénétra dans la cuisine en me repoussant. Il se mit à fureter partout. Rousseau demeura à quelques pas, toujours les mains dans les poches, se contentant de m'observer.

À l'époque, il m'avait répété que j'étais chanceux d'avoir affaire à lui, que je devrais lui m'embrasser les mains.

Pendant que Bogdan s'assurait que rien de dangereux ne pouvait attenter à la vie de son chef, je regardai les bois alentour, tout noirs et luisants, le ciel, le train des nuages qui refusait de se disloquer. Compact. Empêchant le jour de se lever.

Après quelques secondes de silence, je demandai :

— On reste comme ça ?

Rousseau interrogea le jeune militaire du regard,

puis visiblement rasséréné, entra dans la cuisine. Il paraissait presque timide, et je dus me forcer pour tenter d'apercevoir l'autre, celui qui se cachait, tapi derrière le masque insignifiant.

— Bonjour Thomas.

Voix douce, la même qui m'avait cloué sur place lors de mon arrestation au domicile de Franck Miller.

— Et cette épaule ? demanda-t-il sans se défaire de ses vêtements trempés qui commençaient à goutter sur le carrelage.

L'interpellation avait été musclée à l'époque. Ils m'avaient pratiquement brisé le bras en me menottant.

— Elle va bien. Merci. Et ce cancer ?

Il baissa la tête, mécontent, avec un air fataliste aux coins des lèvres.

— Rien de méchant. La volonté fait tout, assura-t-il en signifiant à Bogdan de nous laisser seuls.

Mais je savais que nous ne le serions jamais totalement. Le groupe qui le suivait partout nous écoutait déjà, attentif à chacune de mes intonations, prêt à intervenir avant que je ne devienne vraiment menaçant. Il ne faisait aucun doute que la baraque était cernée par ce genre de types surentraînés.

Rousseau – de son vrai nom Jérôme Giletier, je l'avais appris dans le bureau du juge qui préparait le procès – ne fit pas mine de me serrer la main, ni ne se départit de son expression vide.

— Alors ? Comme ça, on a des ennuis avec la maréchaussée du coin ?

J'acquiesçai.

— Vous n'êtes pas raisonnable.

— Je n'y suis pour rien.

— C'est ce qu'ils disent tous.

Il n'attendait que ça pour s'asseoir, exhiber une enveloppe de papier kraft, et la déposer devant lui sur la table. Puis, il réunit les mains en coupe, autour d'une boule de cristal imaginaire. Le regard perdu dedans. Il était pensif.

— Nous avions décidé de laisser faire Maître Arnaud et son détective. Mais ce suicide nous inquiète. Maintenant ce n'est plus possible.

— Pas raisonnable ?

Je l'encourageai à développer un minimum en me préparant un nouveau café.

Il ôta enfin sa surveste, la mit sur le dossier d'une chaise. L'enveloppe était entre nous, bien en évidence.

— Pas raisonnable… voilà, c'est ça. Le détective de Maître Arnaud l'a bien compris.

— Je pourrais porter plainte.

Il ricana. Ce n'était pas méchant, juste une expression d'une surprise amusée. Il hocha ensuite la tête en souriant franchement, puis laissa échapper un vrai rire.

— Excellent, Boral ! Je n'aurais pas trouvé mieux. Toujours ce sens de l'humour !

Il claqua sa cuisse avec bonne humeur, continuant sur le même ton :

— Que vous, vous osiez évoquer un dépôt de plainte ! Ha ha ha ha ha ! Dans votre situation !

Ma situation… Officiellement, j'étais libre. J'avais été jugé et jeté en prison pour y purger ma peine, payer ma dette à la société. Officieusement, je n'avais plus beaucoup de droits civiques et j'étais à leur merci. Alors, en effet, je pouvais comprendre son hilarité.

Je le regardai sourire. Dans son dos, la tourmente

prenait des proportions inquiétantes. Les arbres ne parvenaient plus à se relever entre deux rafales, la piscine semblait se vider dans un mouvement perpétuel. Ce n'était pas encore la fin du monde, mais ça y ressemblait.

Rousseau durcit brusquement le ton :

— … Votre avocat se suicide à son domicile. Il y a une enquête en cours. Sachez que de notre côté, les recherches pour retrouver Miller n'ont pas cessé. Nous réussirons.

Pendant son laïus, je bus ma tasse en tentant de paraître indifférent.

— … Vous ne devez pas être mêlé à quoi que ce soit, Thomas. Le procès de Miller est imminent et vous êtes un témoin capital.

Il prit l'enveloppe entre deux doigts, joua avec.

— Bon, maintenant, donnez-moi votre version de ce qui vous arrive.

Je m'exécutai. Rousseau m'écouta en m'adressant des mimiques entendues, presque souriantes, puis surprises et enfin, inquiètes. Je tentai bien de lui faire admettre que, encore une fois, je n'avais pas eu le choix, à part celui de m'attirer les pires des ennuis en minimisant mon rôle.

Il désigna ma tasse.

— Arabica ?

— Au cacao. Vous en voulez ?

Il acquiesça.

— Bon, on va vous sortir de ce merdier. On est déjà intervenus, mais on va en remettre une couche. On vous tient à l'écart de tout ça, et de votre côté, ne bougez plus une oreille. Nous sommes d'accord ?

— Oui. Merci.

Rousseau me renvoya un regard froid. Assurément, il n'était pas question d'un réel partage entre nous. C'était une trêve de quelques mois. Même si nous étions des adversaires, il n'en restait pas moins que nous avions des intérêts communs. Et sincèrement, en repensant à mon arrestation, j'avais du mal à croire que nous en étions là, tous les deux. J'avais envie de me pincer.

Je lui donnai sa tasse. Il ouvrit l'enveloppe, me présenta deux clichés, les étala sur la table comme une paire d'as.

— J'ai besoin de vos lumières. Vous connaissez ?

Un vieux bonhomme pris au téléobjectif. Une frêle silhouette perdue dans un costume trop grand.

— Alban Demol, le trésorier de la société.

Il exhiba trois autres photos. Je mis un nom sur chaque visage. Toute l'arrière-garde d'Intermediation Group y passa, ceux qui géraient le cash, qui le plaçaient, des financiers traînant leur petite renommée dans certaines officines. Ces types étaient surveillés mais jamais inquiétés. Je lui lâchai les rares informations que j'avais sur eux. Pas grand-chose. Ils s'étaient toujours tenus à l'écart de l'action, et quand je les croisais dans les locaux d'Intermediation Group, ils s'enfermaient dans le bureau de Franck Miller et en ressortaient sans saluer personne. S'en allaient comme ils étaient venus, sur la pointe des pieds. Leurs noms n'apparaissaient nulle part.

Rousseau goûta le café en agitant la main au-dessus des clichés.

— On est tombés dessus en fouillant l'appartement d'Arnaud…

La pause qui suivit était intentionnelle. Le breuvage n'était pas si chaud que ça et pourtant il fit mine de déglutir avec difficulté.

—… Ils sont décédés cette année. Mort naturelle, apparemment. Ça pose question.

— Et ?

— Nous pensons que quelqu'un a sans doute fait le ménage. Ça pourrait être vous.

— Ou bien Franck Miller. Sincèrement, vous me voyez en assassin ?

Il souffla dans la tasse. Encore un de ses trucs pour donner du poids à sa réponse. Ce mec pouvait parfois être transparent. Parfois, seulement.

— J'ai appris une chose, Thomas : je ne ferai plus jamais l'erreur de vous sous-estimer.

Je l'observai bien. Il n'y croyait pas une seconde. Puis, j'eus une révélation et je sentis une faiblesse me parcourir dans les jambes et les bras.

—… Vous êtes venu me prévenir ! C'est ça, en fait ?

Il me restait quelques souvenirs d'une époque où je prenais couramment des amphétamines pour tenir la distance, et j'éprouvai littéralement le même besoin à cet instant.

— Vous pensez que Miller est ici… ?

Je ne reconnus pas ma voix. Atone, morte.

Rousseau ramassa les photographies en baissant la tête comme s'il assistait à une oraison funèbre. Lorsqu'il consentit à me regarder de nouveau, je vis le policier, calculateur et attentif, et j'eus envie de le frapper.

— Je suis le prochain sur la liste ? insistai-je.

— Qui sait ? Vous avez l'air en forme.

— Je le suis.

— Je vois ça.

— Putain d'enfoiré que vous faites, Rousseau !

Il acquiesça de mauvaise grâce en vidant sa tasse. Si paraître davantage dissimulateur était possible, il le ferait sans aucun doute.

À ce moment, le vent souffla si fort, ample et profond, que je sentis la pression qu'il exerçait sur la maison.

— Comme je vous disais, on va vous tenir à l'écart de cette sombre histoire de meurtre…

— Mais ?

— … Miller viendra, croira vous surprendre, finit-il par déclarer. Nous serons là.

Nous serons là.

Ses mots peinaient à exprimer quoi que ce soit dans mon cerveau. Ils ne seraient jamais là à temps. Sa troupe commando arriverait trop tard. C'était comme une abstraction. J'allumai une cigarette. J'étais totalement perdu. Furieux également. Je posai mon regard sur les fenêtres bouclées par les volets et je ressentis l'urgence de cadenasser la baraque. Tout de suite. Avant que Miller n'apparaisse.

— Mais, nous pouvons nous tromper.

Il désigna les clichés :

— Ces pauvres malheureux sont sans doute morts de leur belle mort.

Belle mort. L'expression était horrible. Si je craignais Miller, ce qu'il pourrait me faire, je redoutais surtout sa présence. Je l'associais au néant, au vide dans lequel je disparaîtrais.

Lorsque Rousseau ouvrit la porte, nous restâmes figés un instant devant l'aube ventée qui dévastait le jardin. Les braises de ma cigarette voletèrent. Je vis le jeune commando, immobile et stoïque, adossé contre le mur. Je discernai aussi d'autres silhouettes dans la tempête. Elles convergèrent brusquement vers Rousseau. D'une grimace, ce dernier chercha à me saluer.

— N'oubliez pas, vous travaillez pour nous, pour la justice. On vous a laissé votre pactole, nous sommes pleins de mansuétude. Quelque part, si on y réfléchit bien, on vous paie ces vacances.

Attendez Miller. Attendez la mort.

Salopard.

— Barrez-vous ! lui intimai-je sans même desserrer les dents.

J'étais furieux contre moi. Furieux de la confusion qui me faisait perdre mes moyens. Je leur tournai le dos, claquai la porte et tirai le volet métallique.

Maintenant seul dans mon refuge, j'allais me battre contre moi-même, à me demander de quoi je serais capable, quelle serait ma réaction le jour où Miller surgirait de nulle part pour régler nos comptes. Je l'avais volé et trahi, lui et toute la clique d'Intermediation Group, et, comme si ça ne suffisait pas, j'avais tout de même tenté de le tuer...

Une semaine plus tard, le temps s'était calmé. L'herbe verdissait enfin, le ciel bleuissait doucement, les terrasses des cafés se remplissaient d'Allemands, et en fin de matinée le marché ressemblait à un essaim d'abeilles. Tout ce beau monde était en vacances. Mais pour certains de Caunes-Minervois, il s'agissait de commémorer un mauvais souvenir, et ne pas négliger les dangers que la montagne Noire pouvait nous tendre. On se devait de ne pas laisser tomber dans l'oubli la disparition, pure et simple, des deux touristes, des filles de la région tout de même, parties faire du vélo et qu'on pensait encore aujourd'hui ensevelies sous un éboulement, quelque part vers le roc de Peyremaux. Les dernières recherches dataient de l'année précédente. Encore une fois, on n'avait rien trouvé, sinon une carcasse rouillée d'un véhicule de la Seconde Guerre mondiale.

Elles nous entendent.

C'étaient les propres mots du maire. Autant dire que des regards mouillés se levèrent alors vers un ciel d'un bleu parfait. Et dans les premiers rangs de la foule, assemblée sur la place devant l'église, la famille se partageait entre larmes, sourires tristes et gémissements. Certains s'effondrèrent. Comme tous les ans.

Oui, reprit le maire, il y avait peu encore, un cantonnier avait perdu la vie en tombant dans un précipice. Il convenait à chacun de propager la bonne parole, de répéter les recommandations de prudence. Le conseil municipal et les agents de la DDE ne pouvaient pas tout.

Berthier et Musclor, impeccables dans leurs uniformes, me jetaient des coups d'œil peu sympathiques alors que des gens échangeaient des moues douloureuses et s'étreignaient.

Je me tenais à l'écart, respectant ainsi une certaine distance tacitement reconnue avec les natifs du pays. Mille ans, m'étais-je promis. Mille ans sans sortir. Mais quelque chose, encore ce mauvais génie sans aucun doute, m'avait poussé jusqu'ici. Maintenant, je le regrettais.

Berthier me fit une grimace entendue. Il voulait me glisser quelques mots. J'avais envie de lui demander à quoi servait de nouer des écharpes blanches aux grilles du cimetière, de s'écrouler en pleurs, terrassés par la peine, sur des cercueils vides. Mais je ne dis rien. Ce n'était ni le moment ni le lieu.

Puis, un père, le visage livide, prit le micro que lui tendait le maire. Ce fut tellement long que l'émotion qui me cueillit dès les premiers mots s'évanouit et, au fil des minutes, se mua en une franche irritation. Ce fut épouvantable pour lui, pour sa famille et pour moi. Ensuite, une amie proche d'une des victimes chanta Léonard Cohen, « You Want It Darker », avec un beau désarroi.

Berthier semblait contrarié.

— Oui, s'agaça-t-il en me collant au bras. Ça commence à bien faire, votre histoire. Mais qui êtes-vous vraiment, bon sang ? Jason Bourne, retiré des affaires ?

Depuis le meurtre et ma déposition, son quotidien était un enfer. On lui mettait des bâtons dans les roues. Il ne pouvait plus bouger une oreille dans le secteur sans que sa hiérarchie ne lui demande des comptes, dans le bureau des huiles le jour même.

— Vous avez une petite idée de ce qui se passe ? Je DOIS vous protéger. Vous protéger !

Des têtes se tournèrent dans notre direction. On fronçait les sourcils.

Berthier me bouscula, m'entraînant un peu plus à l'écart.

— On se moque de qui ? Imaginez ma position ! Vous êtes un civil et un repris de justice, bon sang !

Il enrageait, frémissait. J'allumai une cigarette en lorgnant du côté du bistrot et de l'épicerie. Le père du petit Luca nous observait. J'attendais que mon gendarme se calme, qu'il n'attire plus l'attention sur nous. Je comprenais sa réaction, tout en la trouvant assez disproportionnée. Me protéger... Rousseau sortait la grosse artillerie. L'enfoiré avait certainement fait le nécessaire ; ma photo devait déjà circuler... Et je pensais que pour l'instant tout allait bien, en tout cas aussi bien que ça pouvait aller quand on songeait à la colère que nourrissait Miller à mon égard !

À l'époque, du moins dans les débuts, je l'admirais. Il représentait pour moi ce que devait être un homme. Je m'inspirais de lui pour parler, pour agir. Je fumais comme Miller, imitant sa lente gestuelle pour allumer ses cigarettes, imprimant cette seconde de silence qu'il marquait toujours avant de répondre à une question, comme s'il se donnait le temps de réfléchir, comme si chacun de ses mots avait une dimension particulière. Même dans les moments les plus ordinaires de la vie quotidienne, Miller prenait une longue inspiration, et commentait en détachant chaque syllabe. Il parvenait à vous persuader qu'il comprenait les mécanismes du monde.

J'étais impressionné. Plus je le singeais, plus je me sentais devenir quelqu'un d'important.

Puis il avait menacé Anne.

La réplique ne s'était pas fait attendre : Anne avait sorti son premier article.

Quand elle avait échappé par miracle à une première agression au pied de son immeuble, son directeur de rédaction avait remis au procureur l'intégralité du dossier. Arrêté pour détournement de fonds publics et présomption de tentative d'homicide, Franck Miller avait perdu connaissance dans les locaux de la PJ et été rapidement transféré à l'hôpital Georges Pompidou. Les flics étaient tout de même responsables de la santé d'un homme qui allait sur sa 65e année. Ni eux ni le juge n'avaient pris la mesure du personnage, de ses accointances avec les fonctionnaires d'État, ceux en place depuis des décennies, ceux qui tenaient les rênes du ministère de l'Intérieur, qui représentait l'État Profond, celui qui délivrait en toute impunité des ports d'armes, des passeports, des passe-droits…

Franck Miller disparut officiellement entre 6 h 45 et sept heures du matin de l'unité de Douleur Thoracique de l'hôpital européen Georges Pompidou. Le procès des pauvres flics présumés corrompus qui auraient facilité son évasion – le procès dans le procès, comme disaient les journalistes – avait brouillé la réalité de l'affaire : à savoir que, à l'instar d'un Franck Miller, nombre de conseillers de la République œuvraient pour leur propre compte, s'enrichissaient sur le dos des pouvoirs publics, se moquaient comme d'une guigne de tout idéal et étaient prêts à purger une peine relative de prison ou à rentrer en clandestinité pour un bon paquet de fric. Et malheur aux sous-fifres qui avaient travaillé sous leurs ordres avant de se révolter.

Je découvris à l'époque que dès notre première rencontre Miller avait fait en sorte que j'apparaisse comme le principal acteur des pillages de fonds d'aide à l'investissement, comme celui d'Obamo, le propriétaire des mines d'Uranium. Il avait prévu de tout me mettre sur le dos. Mon nom, avec ma signature, se retrouvait sur des documents que je n'avais jamais vus, mais que la police avait simplement dénichés dans les tiroirs de mon bureau. Après son évasion, j'avais eu un éclair de lucidité et compris sa stratégie, comme celle de me laisser disparaître quelques jours pour rejoindre Anne. Il avait eu tout le temps de truffer mon PC de pièces censées me compromettre.

Il pensait alors sans doute pouvoir contrôler la presse. Comme nombre de ses confrères, Anne était alors plus ou moins sous surveillance, dans le radar d'Intermediation Group. Elle m'épargnait ses soupçons me concernant. Il devait se passer des trucs louches, elle le savait. Je la surprenais parfois à frissonner.

Je n'osais lui demander la nature de ses peurs. Avec le recul, je me dis que c'était ma manière de repousser le moment de vérité. Celui où je devrais paraître tel que j'étais réellement : un minable coursier qui avait pris du galon, fin prêt à se muer en un sale petit espion et en receleur.

Lui dire la vérité, alors ? Non, j'avais menti aux premiers mots. Tout ce qu'elle connaissait de moi était faux.

14

J'installai ma table devant la fenêtre côté piscine et je me mis à écrire enfin sérieusement. Je racontai mon histoire comme d'autres l'avaient fait avant moi, les flics, les voyous, les enfants suppliciés, violés par des proches, enfin tous ceux qui pensaient devoir transmettre un savoir ou un vécu. Sans doute était-ce l'imminence du danger qui me décidait. Chez certains hommes, ça donnait des moments aussi désespérés qu'intéressants, l'idée du danger.

La tasse de café à la droite du PC, je martyrisai le clavier, couchai sur l'écran tout ce qui me venait. Le flux se tarit rapidement. Alors, j'ouvris une bière, tête à l'ombre, sous le parasol, en songeant que Rousseau n'apprécierait pas mon initiative littéraire. J'avais une vue sur un versant de la montagne Noire, juste en face.

La meilleure perspective se situait depuis la soupente du toit. Je me sentais prêt à témoigner. Si j'étais là, encore vivant et libre, c'était pour dévoiler la vérité, pas autre chose. J'avais perdu assez de temps...

Il y eut un mouvement, un départ d'écureuil, un éclat du soleil dans les branches. J'imaginai un type comme celui du SUV, quelque part dans les environs, avec des jumelles, à fureter pour le compte de Miller, ou bien Bogdan à traquer le positionnement GPS de mon téléphone que je devais balader avec moi où que j'aille.

Je ne me faisais aucune illusion. Miller me retrouverait, un jour ou l'autre. Je n'étais pas plus en sécurité dans cette région qu'ailleurs tant qu'on ne m'annoncerait pas avoir identifié son cadavre pourrissant. Qu'est-ce que j'attendais pour désactiver la balise de géolocalisation et déguerpir? Je la voulais absolument, ma punition? À croire que c'était un autre moi qui se manifestait, un moi attiré par les eaux profondes, les jungles opaques et dangereuses.

Je retournai à mon PC et parvins à remplir quelques pages. Je lus et relus, tentant d'y détecter la moindre révélation qui en vaille la peine. C'était une enfilade de platitudes. Ce n'était vraiment pas gagné.

J'eus la visite des gendarmes. On m'entendit encore deux fois comme témoin. Il y avait des rumeurs au sujet d'Adrian, disaient-ils. Je ne posai aucune question. L'épicier de Mazamet me glissa que les parents du jeune Reboux ne s'en remettaient pas. Le père regardait la TV toute la journée en vidant des litres de vin et la mère était entrée en guerre. Elle ameutait les journalistes, fouillait la vie du pauvre garagiste, allant jusqu'à contacter les services sociaux qui l'avaient placé lorsqu'il était enfant...

— C'est terrible, commenta-t-il en frictionnant son crâne rasé de près. Terrible. Ça détruit des familles. Et la Delphine, on la voit de temps en temps à Carcassonne. Elle fait ses courses là-bas, maintenant. Un mari pareil... Qui aurait pu se douter ?

Il me regardait avec une espèce d'interrogation au fond des yeux. Je connaissais un peu le caractère du bonhomme. Vraiment pas le genre à se sentir concerné par les malheurs de ses clients – son fils lui suffisait – mais là, j'eus la certitude que l'affaire lui retournait l'estomac. Pour la peine, je lui achetai cinq kilos de café en grains et il retrouva un peu de bonne humeur.

Pourtant, rien d'effroyable n'arriva par la suite. Ce fut même une période particulièrement calme. Je repris mes entraînements, jogging et vélo. L'idée était de maintenir un effort en terrain accidenté pendant approximativement une ou deux heures.

Un matin, début octobre, en rentrant de ma course, je fis un détour et m'approchai de la maison des Patrier. Il faisait beau et chaud. Le soleil d'automne frappait les vitres et on ne voyait rien à l'intérieur, les rideaux étaient tirés. J'étais sur les lieux de La Scène de Crime. Ce qu'on nomme un crime flagrant, qui tombe sous l'autorité d'un procureur de la République.

Ici, on avait apposé des scellés, on s'était échiné à relever des indices susceptibles de servir à la manifestation de la vérité, à saisir tout ce qui paraissait avoir été le produit de ce crime. Berthier avait dirigé les opérations pour les nécessités de l'enquête. C'était devenu, un temps, la maison qui fourmillait de blouses blanches et d'uniformes. Pour les journaux du coin, c'était la Maison du Tueur au Marteau.

Je n'avais plus donné signe de vie depuis qu'Adrian avait disparu dans le gouffre d'une Unité pour Malades Difficiles. Des psychiatres avaient décrété que la prison ne pouvait rien pour lui et surtout pas le prendre en charge.

Tout était silencieux. Je toquai de nouveau à la porte, puis n'obtenant aucune réponse, je fis le tour. En contrebas de la bâtisse, la piscine était bâchée et la voiture de Delphine occupait le garage.

Puis, je me dis que j'étais d'une stupidité sans fond. Je finis mon jogging en rentrant à un bon rythme avec une espèce de soulagement dans le cœur.

Le téléphone de la ligne fixe sonna trois jours plus tard, alors que je sortais de la douche. C'était Berthier au bout du fil, totalement exaspéré :

— J'aurais pu vous envoyer du monde, mais on va faire ça en douceur, attaqua-t-il. Vous venez cet après-midi, 17 heures. On a des choses à se dire.

— Comme ?

— Les circonstances exactes du meurtre de Julien Reboux.

Il coupa la communication.

Mes mains tremblèrent. La température chuta brutalement. Des filets de sueur glacée glissèrent entre mes omoplates. J'étais terrifié. Le pire film d'horreur que je pouvais imaginer.

En arrivant à la gendarmerie, je me tenais l'estomac, j'en avais presque la nausée.

Je me laissai choir sur un banc dans un couloir, les jambes molles. J'espérais que ce couloir et cette porte de bureau disparaissent devant moi, que tout ce barnum s'effondre dans un nuage de poussière étourdissant.

J'entendis des bribes d'une conversation. « On ne pouvait pas la reconvoquer dans l'immédiat, elle avait agressé un vigile du centre commercial, elle avait manqué lui arracher un œil, elle était sous sédatifs, les médecins assuraient qu'elle n'était pas en état. Oui, il fallait attendre. Oui, madame Patrier posait un sérieux problème. Non, le vigile n'avait rien à se reprocher… Monsieur Issac Phatreon a demandé qu'elle le suive, qu'elle vide ses poches. Elle lui a sauté dessus, monsieur. Il y a tout dans mon rapport… »

Je faillis éclater de rire, c'était nerveux.

Elle avait volé un couteau, reprenait la voix de Berthier après un temps. « On était prévenus cela dit, mais les effectifs sont ce qu'ils sont, on ne peut pas surveiller tout le monde, c'est tout. On le savait, pourtant. Elle a des problèmes, comme son mari… »

J'eus cette image de Delphine, comme tétanisée sur le pas de la porte, Delphine qui ne semblait guère consciente de ma présence. Sans vie. Son regard m'avait traversé. Je me souvenais que quelques semaines plus tôt, je tenais encore cette femme dans mes bras, lui prodiguant toutes sortes de caresses ultimes, sans aucun répit, dans toute sorte de positions, et que je l'avais pratiquement virée de chez moi. Oui, en écoutant Berthier, je réalisais quelque chose, mais je peinais à reconnaître la fille qui avait arraché ses vêtements, envoyé promener sa culotte, toute à sa sensualité, rayonnante de beauté.

Elle avait alors douché le début de remords que j'éprouvais :

— Je dirai tout à Adrian si tu me repousses.

— Quoi ? Tu ne ferais pas ça !

— Oui, je le ferai.

— Mais... pourquoi ?

— On a baisé, mais tu me méprises. Je lui dirai.

Sa voix résonnait encore en moi, désincarnée, mais les mots, au contraire, étaient terriblement concrets. Aussi concrets que ceux de Berthier qui filtraient de derrière la porte de son bureau.

« Oui, nous vérifions. Nous avons convoqué Boral, pour aujourd'hui même. »

Bloqué sur ce banc, je baissai la tête malgré moi. Des ennuis se profilaient à l'horizon. D'une manière ou d'une autre, j'allais devoir m'expliquer. On ne pouvait plus rien faire pour revenir en arrière. Dans mon cas, il ne me suffirait pas d'être innocent pour être laissé en paix. J'eus envie de me lever, de marcher droit devant moi. De fuir tout ça.

Des gendarmes allaient et venaient, s'interpellaient en me glissant des œillades indifférentes. J'avais l'impression de voir des rapaces tourner au ralenti au-dessus de ma carcasse.

J'avais rattrapé Delphine, accrochant son épaule pour la forcer à me regarder.

— Merde, Delphine ! Réponds-moi ! Tu te rends compte de ce que tu me dis ?

Elle s'était dégagée d'un mouvement du bras, me défiant en silence. Ce silence était un message.

Pour les flics, j'étais sans doute l'amant qui avait assisté au meurtre de l'amant par le mari. Ma complicité pouvait même s'envisager, puisque j'avais menti par omission, par trois fois. Trois auditions, autant d'occasions et je m'étais tu.

Ce n'était pas une preuve de dissimulation, ça ?

À l'époque d'Anne, ma plus grande réussite, c'était d'avoir déniché un appartement sûr en plein Paris, un trois-pièces d'un immeuble tranquille, avec une issue par la porte de service, autrefois dédiée au personnel domestique, avec un escalier qui donnait sur une cour qui bénéficiait d'une seconde sortie. Personne n'en connaissait l'existence. Notre milieu était truffé de types capables de vous dénoncer juste pour avoir la paix avec les autorités. Je me méfiais alors de tout le monde et ça n'avait rien empêché.

Et je me retrouvais aujourd'hui dans la même situation…

Voilà ce que je pensais en regardant le gendarme Berthier qui venait d'ouvrir la porte de son bureau. Un court instant, la tentation m'effleura de m'enfermer dans le déni, le mensonge éhonté, de déclarer que, quoi qu'elle ait dit, Delphine Patrier fantasmait, tricotait du ciboulot. Aussi barge que son mari…

Je souris pour montrer ma bonne volonté, et je devais offrir une drôle de tête. Berthier haussa les sourcils. Je vis à son air qu'il se demandait si je n'avais pas complètement perdu l'esprit.

— Merci de vous être déplacé, monsieur Boral.

Comme si j'avais le choix !

— Asseyez-vous… Alors, vous avez conscience qu'un témoin prête serment, qu'un faux témoignage est considéré comme un délit, voire une culpabilité ?

— De quoi ?

— On va parler de la nature de vos relations avec madame Patrier.

On se regarda un moment en chiens de faïence. Lui

avec son rictus crispé, d'une sévérité totale, et moi avec mon ridicule sourire avenant. Et Berthier, en agissant ainsi, ne me cachait pas que le poids de sa hiérarchie lui pesait plus que de mesure, et que j'avais intérêt à le convaincre.

— Mes relations ?

— Vous avez l'intention de me faire perdre mon temps ?

— Non !

— Alors ? Vous avez quelque chose à me dire ?

— Oui.

— Vous souhaitez revenir sur vos déclarations ? insista-t-il avec agacement.

La gorge sèche, j'arrivai à acquiescer en affichant un visage ouvert, concerné, celui du bonhomme qui veut jouer franc jeu. Je frisais le risible.

— Oui, j'ai eu peur… L'idée d'affronter Adrian s'il apprenait… Vous voyez, quoi.

Je m'aplatissais comme il fallait.

— C'est toujours une audition libre. Vous comprenez ?

Il avait modulé sur le « toujours »… ça supposait que je n'étais pas encore soupçonné de quoi que ce soit, que les tuniques bleues avaient l'obligation de me relâcher dans quatre heures, mais que je devais rester vigilant et attentif au déroulement de l'entretien, mon statut de « témoin » pouvant évoluer vers celui de « suspect ». Même protégé par Rousseau, je ne pouvais me permettre tout et n'importe quoi.

Berthier tenait là sa petite revanche.

— Parlons de monsieur Patrier. Qui est-il pour vous ?

— Un voisin.

— Ça vous faisait quoi de l'avoir comme voisin ? demanda-t-il sournoisement en accentuant son rictus. Du coup, vous le viviez comment ?

Là, il me cueillit.

— Ce que ça me faisait... C'est ça dont vous voulez que je parle ?

À son tour d'être désarçonné. Ma franchise malmenait ses plans de salopard de manipulateur. Il leva la main en signe de reddition. On calmait le jeu. Repartait de zéro.

— Bon... Quelle était la nature exacte de vos relations avec madame Patrier ?

On y était ! J'ignorais ce qu'elle avait pu déballer, mais là, j'y allai. Du début à la fin, sans rien omettre. Ça prit une petite demi-heure, je n'esquivai aucune question, répondis au plus près de l'os. J'étais assez content de me livrer, de me débarrasser de ce poids à l'estomac. Oui, j'avais cédé aux avances de Delphine, en toute connaissance de cause, oui, nous avions eu des rapports dès le premier soir, et oui j'avais menti dans mes précédentes auditions. Non, tout le reste était l'exacte vérité. Tout s'était passé comme je l'avais dit. D'ailleurs, madame Patrier pouvait le confirmer.

— Eh bien, justement... Monsieur Boral. On va y venir. Selon elle, il existerait des indices graves de votre manque de réaction. Nous tenons à vous entendre à ce sujet.

— Elle est folle ! J'ai fait tout ce que je pouvais pour sauver le gamin !

— Nous verrons. Parlez-nous de son mari. Pourquoi a-t-il frappé le jeune Reboux ?

Je n'aimais pas du tout le ton, les intonations, sèches, agressives.

— Vous lui avez demandé ? À lui ou à sa femme ?

— C'est à vous que je le demande.

— Aucune idée. Il faisait sombre dans la pièce. Peut-être qu'Adrian a cru que l'autre l'attaquait. J'en sais rien, en fait.

Ses doigts s'agitaient. Les touches cliquetaient... *Aucune idée.*

— Souhaitiez-vous qu'il le fasse? Qu'il frappe monsieur Reboux. L'y avez-vous incité ?

—... Pas du tout !

— Avez-vous essayé d'intervenir ?

— Tout a été si vite... Je n'ai pas eu le temps ! Et puis, j'ai eu peur.

— Peur? Vous êtes intelligent, monsieur Boral. Vous êtes un homme qui a suivi certains entraînements, qui juge si une situation peut tourner à son avantage... Nous le savons tous les deux.

Là, l'adjudant Berthier éclairait son jeu. Il avait fouillé dans mon dossier. J'imaginais qu'il avait passé les bons appels et eu les bons interlocuteurs.

— J'ai été pris de court. Vraiment.

Je vis à peu près où tout ça allait me mener... Delphine s'était vengée d'une manière ou d'une autre. J'avais mal estimé son désespoir. Elle avait assisté au meurtre d'un jeune homme qui lui avait fait l'amour. Elle s'était offerte à lui juste avant que son crâne ne soit transformé en bouillie. Elle l'avait eu en elle... Ça pouvait vous chambouler un cerveau, une tragédie pareille. Vous étiez tentée de vouloir donner une leçon au monde entier. À ceux qui, selon vous, échappaient au malheur qui vous frappait…

Dans le clan des hommes, il y avait les brutes, les charmeurs, les intelligents, les pères, les violents, sous l'emprise d'une rage enfouie depuis l'enfance. Certains étaient tout ça à la fois et pouvaient être de bonnes personnes comme de gros pervers, ou Adrian Patrier.

— Vous êtes quel genre, monsieur Boral ?

— Pardon ?

— Ce soir-là, vous aviez bu… Deux bouteilles de rosé avec monsieur Patrier. C'est exact ?

— Oui, oui.

— Vous buvez souvent ?

— Pas vraiment.

— Vous appréciiez monsieur Patrier ?

— C'est un gars sympa. Enfin, c'était…

Je commençais à bafouiller.

— Supportiez-vous les infidélités de sa femme ?

J'eus l'impression qu'une balle venait de me frapper en pleine poitrine ou qu'un arbre s'était abattu sur moi. Mes jambes flageolèrent un instant, ma respiration se bloqua. Ce n'était pas vraiment une question. J'étais abasourdi. J'entendais : *vous vouliez que tout ça cesse, avec l'aide de son mari. Manipuler quelqu'un comme Adrian Patrier, le pousser aux pires extrémités était dans vos cordes…*

— Mais, je n'en savais rien ! Je la connaissais à peine !

Il continuait :

— Parfois, on boit un coup de trop. On se laisse emporter. On se monte la tête.

Il allait jusqu'où, là ?

— Allez-y, Boral. Ça fait du bien de tout dire. Ça soulage.

— Mais, dire quoi ? Soulager de quoi ?

Je le regardai, éberlué. Par déformation professionnelle, je cherchai la manipulation. Mais je réalisai que ce type ne disait rien d'autre que ce qu'il disait. Il était véritablement persuadé que j'avais quelque chose de monstrueux sur la conscience et que ça me tourmentait.

J'agrippai le bord du bureau. Je serrai si fort que mes phalanges blanchirent.

Le gendarme secoua la tête.

— Monsieur, vous allez bien ?

Je me sentis dans un tel état de rage contenue que je me demandai si tout n'allait pas exploser entre mes doigts. Je me souvins d'un avant-bras que j'avais brisé alors qu'on me rouait de coups. Je savais aussi qu'à mes seize ans j'avais envoyé un abruti dans le vide en l'entraînant avec moi. Je possédais la grande force de ceux qui pouvaient tout tenter et, alors, j'étais impossible à mater.

— Monsieur, s'il vous plaît. Calmez-vous. Je vous pose des questions, c'est tout.

— Non, vous m'accusez.

— Je ne vous accuse de rien du tout. Vous êtes assez perspicace pour comprendre que nous cherchons seulement à établir des faits circonstanciés au plus près de la vérité. Vous nous aviez dissimulé votre relation avec madame Patrier. Son mari, qui n'avait jamais fait de mal à une mouche, s'est transformé en meurtrier. Délirant, qui plus est…

Avait-il agi seul ? Sous influence ? Bla-bla-bla…

J'eus alors conscience de ne pas me trouver en état de tenir tête au gendarme. J'allais faire et dire des bêtises. Le sang battait à mes tempes, dans mon crâne. Une impulsion m'emportait vers des éclats de voix, un grand chambardement.

— On ne se méfie jamais assez de ses émotions, n'est-ce pas ?

Je ne le lui faisais pas dire, je le reçus cinq sur cinq, mais je me contentai de mâchonner des dents. Il n'aurait pas le plaisir de m'entendre le suivre sur ce terrain. Enfoiré !

En dernier ressort, je le voyais bien tenter un coup de bluff, me coller une non-assistance à personne en danger. Mais, d'après ce que je devinais dans ses silences et ses allusions, il n'avait que les déclarations d'une femme directement impliquée, dérangée du ciboulot et infidèle, de surcroît. Si elle avait été jugée si recevable que ça, sa fameuse déposition, je serais déjà en cellule. De plus, l'ombre de Rousseau planait dans la pièce. Berthier venait de se faire plaisir, mais, à son grand regret, il allait devoir faire machine arrière…

— J'ignore ce que vous a raconté Delphine Patrier. Mais croyez-moi, je n'ai rien à voir dans cette histoire. Si j'avais pu me douter de ce qu'elle faisait pendant qu'on bricolait, et de la réaction de son mari, je lui aurais proposé de rester à la maison, soufflai-je. Tout ça était imprévisible. On nage en plein délire. J'ai fait de mon mieux dès que la situation a dégénéré, j'ai fait au plus vite, j'ai tout tenté pour sauver la vie de ce gamin. Je n'ai pas perdu une minute. Vous le savez, non ?

Il opina de bonne grâce.

On continua sur le même mode des questions qui appelaient des réponses. Puis, je vis Berthier relâcher la pression. Au bout du compte, il m'invita à plus de franchise désormais et me congédia d'un « ce sera tout, monsieur Boral ».

L'idée de retourner en prison incarnait l'angoisse absolue. Une bouffée de colère contre les Delphine et les Berthier m'empêcha de réfléchir, de revenir à un état serein. J'avais beau me répéter que c'était ridicule d'y penser, que je n'étais pas concerné par cette affaire, ça revenait sans cesse. Un ex-taulard le restait à vie dans sa tête. Il n'y avait pas d'autre explication.

Je mis le contact. La Ford cala.

Mes mains tremblèrent sur le volant. Mon poing faillit partir droit dans le pare-brise.

Colère.

Je lui ordonnai d'arrêter ça, mais rien n'y faisait.

La prison. Colère.

J'étais assis, heureusement. Lino Ventura, dans un film dont le titre m'échappait, envisageait de croquer une capsule de cyanure pour ne pas retomber entre les pattes de la Gestapo. Il s'y résignait. Non, il y était déterminé. Je revoyais son regard verrouillé, la tension qui l'habitait, son courage étouffant sa peur. C'était cet héroïsme qui me faisait défaut. Je rampais devant le pouvoir, tentais de m'y soustraire par le mensonge, l'évitement. J'étais pitoyable. Un pitoyable proche de la démence, prêt à tout détruire sur son chemin.

J'eus honte de mon soulagement en arrivant enfin à démarrer la Ford.

Il était à peine 18 heures, la nationale était déserte et c'est pourquoi je remarquai tout de suite dans le rétroviseur la calandre du 4x4, à quelques centaines de mètres. Je le reconnus ! Ça ne faisait aucun doute ! Ce n'était plus une hallucination de ma parano ! Il s'était retrouvé plus d'une fois sur mon chemin !

Je levai instinctivement le pied et le véhicule hésita, puis après un temps, me dépassa, et fila d'un coup vers des infrastructures sportives qui formaient une espèce de demi-lune autour d'un stade. À cet instant, il prit de la vitesse.

Outre la gendarmerie, il y avait une caserne de pompiers et des habitats sociaux. Et au-delà, on pouvait apercevoir une zone pavillonnaire. Le 4x4 s'y dirigeait. Sans plus réfléchir, je le suivis. On roula un bon moment tant le secteur était étendu. J'attendis que la colère se calme. Mais elle ne se calma point. Alors, je photographiai mentalement le SUV. Il ne m'échapperait pas ! Ça monta en moi, brouilla ma vision. J'en tremblais. Une telle rage, ça me coupait le souffle !

Le type se rangea enfin aux abords d'un truc prétentieux nommé Le Clos des Anges situé en périphérie d'un bois, une de ces propriétés que les agents immobiliers qualifieraient d'exception. C'était une bâtisse avec dépendances sur un terrain aux dimensions conséquentes.

Le vent s'engouffrait par une fenêtre du premier étage. S'en échappa un chapeau de paille au moment où je levai les yeux. Une jeune fille, accoudée et pianotant son téléphone portable, agita le bras pour avertir l'homme qui descendait du 4x4. Sa veste de costume dans une main et une sacoche dans l'autre, il ramassa le chapeau. Il n'avait pas du tout l'allure d'un de ces sbires que Franck Miller employait pour faire le sale boulot… Mais, j'étais bien placé pour savoir qu'il fallait se méfier des apparences. L'impression de déjà-vu se précisa ; un type courtaud aux vêtements froissés, l'air banal… C'était bien le gus que j'avais croisé à Paris, puis une ou deux fois à Mazamet, et encore sur la place embouteillée à Caunes-Minervois. Mes inquiétudes étaient donc fondées, ma rage décuplée.

Après de longues minutes d'observation, je laissai la Ford que j'avais pris soin de garer dans l'ombre de feuillus sur le bas-côté de la route. Ma jambe droite tremblait imperceptiblement. L'endroit était désert. J'ouvris le coffre et empoignai un pied de biche que je gardai sous le tapis, puis une fureur noire en moi, je gravis à mon tour le raidillon qui menait à la résidence en ne quittant pas des yeux la gamine toujours à sa fenêtre. J'étais dans un état d'exaspération et de fatigue qui dépassait l'entendement. J'étais prêt à toutes les bêtises, moi qui, quelques minutes plus tôt, respectais les limitations de vitesse. Je savais bien ce qui m'arrivait : un pétage de plombs en règle après une longue période de tensions.

Il y eut des aboiements.

Une porte claqua et une voix d'homme, irritée, fit taire le chien.

Je restai derrière un épicéa. Mon cœur frappait dans ma poitrine. Bientôt, il n'y eut plus aucun bruit dans le coin. Alors, je me lançai, avançant à petits pas rapides jusqu'au domicile de mon suiveur, en évitant le perron qui était une zone trop offerte aux regards des voisins. J'entraperçus une femme aux longs cheveux blonds qui se penchait à la fenêtre d'où était tombé le chapeau de paille. Elle se retourna en criant quelque chose.

Je traversai une pelouse fraîchement coupée pour gagner l'arrière de la maison. Là, à genoux, j'attendis qu'une douleur lancinante à l'estomac se calme, puis j'enchaînai les gestes connus, appris dans ma jeunesse turbulente et maintes fois répétés pour Franck Miller: je fracturai sans effort la porte en bois du garage. J'en aurais pleuré si j'avais encore eu des illusions sur ma vie. Je pénétrai dans le bâtiment. Mon corps refusait ce que je le contraignais à faire. Sa résistance percutait mon système nerveux: chaque petit bruit grinçait, chaque courant d'air s'infiltrait en moi et me parcourait de part en part.

Je fis un pas.

Nouvelle accélération cardiaque.

Pulsations aux tempes.

J'étais à l'endroit même que devait d'ordinaire occuper le 4x4. Il y avait des vélos suspendus, une remorque, des caisses en bois avec un blason fleur de lys. Après ce temps d'observation, j'osai une nouvelle avancée dans la demi-pénombre. La porte de communication avec la cuisine bâillait. Un bac à laver regorgeait de vieilleries entassées, des outils de jardinage, des tuteurs et des Serflex. Ça sentait la lessive, le linge mouillé, l'huile pour moteur et en arrière-fond, le raisin fermenté.

Une silhouette brandissant un fusil de chasse remplit soudain mon champ de vision! Je mis un temps considérable à réagir. Que s'était-il passé, à cette seconde? Un voile obscurcit ma vue, un bourdonnement d'insectes résonna fort dans mes oreilles et j'eus l'impression de regarder mon double, aux aguets.

— Sortez de là! cria une voix brisée par la peur.

L'homme surgit en alignant son arme haut contre l'épaule, le buste incliné vers l'avant. Il semblait se déplacer avec une vélocité particulière, de mètre en mètre, et non un pas après l'autre.

Le type allait faire feu. Il n'était pas animé par un courage hors du commun, bien au contraire. C'était une question de secondes avant qu'il n'arrose à tout va le garage et, pour parachever le barnum, la fratrie alertée par les cris devait déjà pointer le nez hors de leur chambre respective. Je fus soudain tout à fait calme et frappai sèchement et à la volée les avant-bras et les épaules de l'homme. Le fusil tomba sur la dalle bétonnée en émettant un bruit sec. Sans tarder, je le confisquai et le cassai en deux pour récupérer les cartouches.

— Merde, merde, j'ai mal ! répéta le bonhomme qui se tortillait au sol en étreignant ses biceps, là où la peau était tendre.

Je l'attrapai par un poignet et l'attachai à une tuyauterie de chauffage avec les Serflex.

Puis j'examinai les lieux.

Nous étions entrés dans la pièce principale du rez-de-chaussée et aucun volet n'était ouvert. Le tout était encombré par des meubles modernes et design. Quantité de livres traitant de paranormal, d'ésotérisme, d'éveil des gargouilles et anges déchus s'alignaient dans une bibliothèque… Tout était épousseté et rangé à sa place. Il n'y avait pas le moindre indice de laisser-aller. D'un vase ne jaillissait aucune fleur.

J'eus une crispation dans le ventre.

Bruits…

Je me retournai et tombai nez à nez avec une quadragénaire blonde et courtaude.

Contre toute attente, apercevant le corps entravé de son homme, la femme éclata d'un rire haut perché, et se calma tout aussi soudainement. Son regard et son attitude me glacèrent ; cette femme était violente ! D'un coup, elle bondit en poussant un cri hystérique. Nos fronts se heurtèrent durement. En chutant en arrière, je laissai échapper le pied de biche et j'eus l'impression que mon crâne explosait. Des chaises valdinguèrent. Deux défoncèrent un petit meuble vitré et des bouts de verre, des tasses, des assiettes, des couverts en argent, dégringolèrent dans un fracas cristallin.

Des éclats adhérant à mon cuir chevelu et à mes joues, je pris le dessus et abattis sèchement mon poing sur la tempe de la folle furieuse.

— Ho ! s'écria le mari en tentant de se redresser. Qu'est-ce que vous faites ? nom de Dieu ! Calmez-vous !

— Je voudrais bien ! hurlai-je à mon tour.

Je ramassai la barre de fer et immobilisai la femme en menottant un poignet à une cheville.

L'autre prit peur.

— Attendez ! Attendez ! Vous allez nous tuer ?

— Mais non, merde !

Il y eut des bruits de pas au-dessus de nos têtes.

L'homme se mordit les lèvres.

Je montai au premier et traversai des chambres désertes. Ça dégénérait et je ne voyais pas comment calmer le jeu, sinon en maîtrisant toute la famille.

D'un violent coup de pied, j'ouvris la seule porte fermée. Me maudissant, j'attrapai par l'épaule l'adolescente qui s'agitait sur une espèce de plateau genre *dancefloor*. Elle se mit à pousser des hurlements stridents. Un garçon était assis en tailleur et me tournait le dos. Le nez à quelques centimètres d'un écran géant, les mains crispées autour d'une manette profilée, il souleva une oreillette de son casque.

— OK, OK, ne gueule pas. Et si c'est pour me gaver avec ton Benoît, ce n'est pas la peine ! rouscailla l'aimable.

Les deux gamins bâillonnés, les portables confisqués, la porte du garage fermée, ignorant les regards à la fois furieux et affolés, je me plantai devant le chef de famille qui me fixait avec effroi.

— Qu'est-ce que vous voulez ? s'inquiéta-t-il.

— C'est ça, prends-moi pour un con. Y'a personne d'autre ?

— Non, non, on est seuls.

— Y'a que la maison ?

— Une dépendance…

Je m'y rendis au pas de charge. Maintenant que j'avais bien pété les plombs, ma rage retombait et j'avais hâte d'en finir avec tout ça.

En ouvrant une porte qui me parut plus lourde que la moyenne, je découvris une pièce carrelée avec un immense évier comme il en existe dans les cuisines professionnelles, deux douches dites à l'italienne et autant de WC, quatre chaises vissées au sol, comme il peut en exister dans certaines prisons de pays refusant la démocratie. Je compris que la dépendance servait à des choses inavouables et aussi comme bureau des archives pour les papiers administratifs du couple. Je les parcourus rapidement. Mon gus se nommait Pandolfo Caroso.

À mon retour dans le salon, je vis que le jeune garçon avait uriné dans son pantalon et que, dans une tentative de protéger sa progéniture, la mère revenue à elle avait rampé sur le parquet, et malgré les liens l'entravant, reposait maintenant comme un phoque femelle sur ses petits.

Avec mon pied-de-biche en main, je me penchai vers le dénommé Pandolfo Caroso en parvenant sans mal à paraître terrifiant.

— Tu fais chier, tu ne réponds pas à mes questions : tes enfants et ta grosse morflent. Ça ne me pose pas de problème. T'as pigé ?

Détectant une lueur de doute dans le regard du monsieur, je l'attrapai par les cheveux – une mèche filasse gluante – et matraquai modérément le muscle trapèze. Un long cri de douleur s'échappa des lèvres de Pandolfo Caroso.

Il y eut des gémissements sous les bâillons. L'idée que j'étais en train de terroriser des mômes me dégoûtait. C'était la faute de cet imbécile qui devait calculer ses chances de garder un mutisme prudent, pour protéger Dieu sait qui.

Voilà, c'était fait.

J'avais franchi la ligne.

Je me faisais l'effet d'un parfait crétin doublé d'un salaud.

Et si Caroso s'entêtait, jusqu'où j'étais prêt à aller ?

— T'es dans quoi exactement, Pandolfo ? Pour qui tu bosses ?

La sonnerie de mon portable sonna longuement dans ma poche. Puis, ce fut au tour du téléphone quelque part dans la maison.

Caroso gardait la tête obstinément baissée. Il jouait la montre en espérant quoi ? Pauvre idiot.

Voilà à quoi j'en étais réduit.

Pauvre idiot, oui.

— C'est à cause du garage, dit-il.

Il fit une grimace entendue.

— Adrian et le cousin Christian fricotent avec des mecs qui font des petits vols, une histoire de pièces détachées. Voyez le genre ? Avec votre embrouille avec les gendarmes, et ce qu'a fait Adrian… ils m'ont demandé de voir ce que vous foutiez exactement. Voyez ?

Non, je ne voyais pas.

L'enquêteur à la petite semaine fit une pause et son regard glissa sur sa famille empêtrée dans leurs liens.

— T'étais bien parti, Pandolfo…

— Ces mecs voulaient savoir à qui ils ont affaire. Moi, je fais le détective pour des compagnies d'assurances… Je fais ce genre de boulot, quoi. Je fais un rapport sur votre vie, tout ça.

— Des mecs ?

Caroso eut une sorte de cri étranglé, entre grondement de rage et pleurs d'impuissance. Puis il répéta plusieurs fois « Putain, putain… » avant de répondre :

— Des sales cons. Luca, le gamin de l'épicier, bosse aussi pour eux. Le truc d'Adrian et de sa femme, les gendarmes, tout ça… Ils ont eu peur parce que les deux cousins leur achetaient des pièces volées. Je leur ai dit que vous n'étiez ni flic ni fouineur. C'est réglé.

Réglé…

Du côté de Francine Caroso, j'entendis des sons inquiétants. Elle toussait. Elle étouffait, visiblement.

L'ecchymose avait viré au rouge juste au-dessus de son sourcil et elle n'émit aucune plainte quand je lui ôtai son bâillon. De la salive coula rapidement aux commissures de ses lèvres. Elle ne poussa pas de cri, laissa retomber sa tête, se contentant de regarder son mari avec étonnement. Je me retournai vers lui :

— Allez, Pandolfo… Tu peux faire mieux que ça.

Il se tortilla.

— J'ai plus ou moins compris que vous n'étiez pas blanc bleu. Je voulais voir si je pouvais gratter un peu de blé, c'est tout.

— Tu as fouiné jusqu'où ?

— Ben…

— T'en as parlé à quelqu'un ?

— Non…

— Tes potes ? D'autres flics ?

— Non ! Sur la tête de mes enfants ! C'est la vérité !

Non, ce n'était pas la vérité.

Je surpris son regard vers un meuble bas au bois lustré.

J'ouvris un tiroir. À l'intérieur étaient rangés quelques dossiers. Effectivement, cet enfoiré m'avait pisté quasiment dès mon départ de Paris. Son mensonge ne tenait plus… Sacré furet et menteur, avec ça. Une cinquantaine de clichés ; moi devant chez Anne, sur le parking à Ferrières, buvant un jus à une terrasse, au marché du village, sortant de l'armurier et de la banque à Mazamet, etc.

— Pour qui tu bosses ?

Sur une photographie on voyait Bogdan.

J'attrapai Pandolfo par les cheveux et tirai. Il me

désigna le commando blond.

— C'est lui qui m'a dit de vous suivre ! cria-t-il. Juré ! Je peux vous dire où je l'ai rencontré à Paris !

— Et ? Parle-moi d'ici.

— J'en ai parlé à des amis ! Ils voulaient savoir si on pouvait magouiller avec le mec blond !

— T'oublies ça, Gandolfo. C'est trop gros pour toi, t'y perdrais toute ta famille. Crois-moi.

L'autre plissa le front.

— Bon, t'es une truffe. Tu vas bien écouter, OK ? Tu es attentif ?

— Oui, oui.

— Toi, Luca et ses potes, les sales cons, vous aviez dans l'idée de vous faire du blé. Parce que tu as compris que ce mec – je tapotai le cliché en pointant Bogdan – c'était du sérieux… Mais, tu te crois malin. Alors, t'as calmé les autres en leur disant que j'avais de méchants flics sur le dos. Puis, tu t'es dit que mon fric pour toi tout seul, ça pouvait se tenter. C'est pour ça que tu continues ton manège. Au cas où. Je me trompe ?

Caroso détourna le regard.

Je soupirai. Ce con avait certainement parlé. J'imaginais bien leurs manigances pour s'introduire chez moi et voir s'il y avait quelque chose à gratter.

Il y eut un silence.

Qui se prolongea.

Enfin, il craqua :

— Vous vous croyez supérieur ? Mieux que nous ? C'était pas malin de votre part de rendre visite à la banque Ambrosio. C'est celle de riches.

Il s'agita, tirant sur les Serflex.

— Vous nous prenez pour de pauvres types, des petits voleurs ? On était tous de Conforama. Tous dehors, sur le carreau. Virés. Après, il y a eu Casino. Racheté. 230 mecs à la rue. On avait un boulot. Comment vous croyez que je m'en sors avec cette baraque, la bagnole et les mômes ? Hein ? Ça vous va bien de me regarder comme ça. Il n'y a pas que le soleil, l'été, les vacances… Vous savez que des gamines font le tapin sur la plage ? Ça vous en bouche un coin, ça ! Des mères de famille, aussi. Vous, les Parisiens, vous croyez quoi ? Qu'elles aiment ça ?

Je désignais le commando blond.

— T'as cru qu'il te laisserait faire ?

Il serra les mâchoires.

J'eus alors la certitude qu'il ne me disait pas tout. Il y avait autre chose.

— Qui d'autre est venu ici ?

Caroso regarda alors sa petite fratrie avec douleur. Il ne parlerait plus.

— Quelqu'un d'autre ? Quelqu'un qui a peut-être menacé de faire du mal à ta famille ? Je peux comprendre. Dis-moi calmement les choses. Qui d'autre ? Caroso ?

Le téléphone sonna encore.

Deux fois.

Pandolfo m'interrogea du regard.

Il y eut une série de bruits au-dehors, des portières qu'on claquait sans prendre de précautions. Puis on sonna. Pied-de-biche au poing, j'allai vérifier par l'œilleton. Bon. C'était à prévoir. J'ouvris.

— Faut répondre, quand on vous appelle.

Rousseau, planté sur le perron, le visage crispé et le

regard presque incrédule, me montra son portable. Des types en civil, dont Bogdan, calmes et aimables, me bousculèrent pour pénétrer à l'intérieur. La suite des événements n'allait pas plaire à Caroso, mais au moins sa famille serait plus ou moins à l'abri de ses bêtises.

Je songeai à mentir, mais c'était trop tard, visiblement. Je rentrai la tête dans les épaules et fixai Rousseau sans broncher.

— Vous n'en ratez pas une, me dit-il.

— Gardez vos remarques, ce mec allait vous doubler. Vous étiez où ?

— Je ne suis pas le bureau des pleurs. On était là, comme vous voyez.

— Je ne voulais pas de violence. Je ne voulais pas leur faire de mal, mais cet imbécile que vous avez embauché, bosse certainement pour Miller. Je pense même qu'il est dans le coin.

Rousseau hocha lentement la tête.

— On voit ça… En attendant, on a prévenu Berthier. La troupe arrive. Vous n'avez pas fait le con, au moins ?

— Je ne suis pas aussi violent ou stupide que vous l'imaginez.

Paternaliste, Rousseau me poussa vers une 605 en m'empoignant l'épaule.

— Vous êtes calmé ? Donnez-moi les clefs de votre véhicule… Bon, maintenant envisageons un plateau de fruits de mer et un vin digne de ce nom. Je mérite bien ça, après tout.

Je venais d'agresser et de frapper un homme ainsi que de contraindre et bâillonner sa famille… Comment Berthier allait-il gérer ça ?

Rousseau eut un sourire narquois en ouvrant le coffre, que je puisse y remiser le pied-de-biche. Puis, il s'engouffra à l'arrière de la berline en secouant de nouveau la tête comme un père désabusé. On quitta la périphérie de Mazamet, direction Carcassonne. Un type s'était mis volant de ma Ford et nous suivait.

— Vous aimez le poisson, au moins ?

Quelques minutes plus tard, Rousseau franchit les portes de la Poissonnerie Moderne au pas de charge et terrorisa un garçon pour être servi rapidement, trouvant le ton parfait qui déclenche les réflexes d'obéissance. Il s'assit, commanda une bouteille et, sans attendre, se versa un verre de blanc en oubliant de m'en proposer.

— Thomas, vous faites n'importe quoi.

— Vous embauchez un mec pour me suivre et il se met à bosser pour Miller. C'est moi qui fais n'importe quoi ?

— Pures spéculations. On va s'en assurer.

On nous apporta un plateau de fruits de mer et Rousseau attaqua ses praires et ses palourdes avec voracité. Dans ses mains, fourchette et couteau étaient soudain fascinants.

— Parlons-en calmement, insista Rousseau en avalant dix centilitres d'un Château Valentin et je vis ses yeux, pétillants, mais cruels, interrogateurs. Vous en pensez quoi ?

— De votre question à la mords-moi le nœud ?

— Je vous parle du vin.

— Je m'en moque. Qu'est-ce que vous allez faire ?

Rousseau éclata modérément de rire, cette fois en agitant l'index. Il avait des paumes carrées et des doigts fins. Des mains de prédateur. Puis, il eut une sorte de ricanement très étrange : un brouet à la fois très féminin et sardonique.

— On me dit que vous étiez un professionnel, que Miller était content de vous. Et depuis que vous êtes retiré des affaires… C'est n'importe quoi.

Sa bouche perdit toute forme harmonieuse. Il persifla :

— Vous êtes incapable de faire les bons choix ? Vous ne savez pas vous gérer ? Vous n'êtes pas quelqu'un de responsable ?

Il ajouta que j'avais besoin d'autorité et d'être cadré.

— Arrêtez, Rousseau. Je vais pleurer.

— Regardez par vous-même. Dans quel état pitoyable vous êtes après quelques heures en compagnie de ce gendarme ! Vous comptiez passer vos nerfs sur ce pauvre enquêteur et sa famille ?

— Vous me prenez pour qui ? Ce minable bosse certainement pour Miller. Et ça, je l'ai découvert tout seul ! Vous n'aviez rien vu !

Il y eut une lueur d'humour dans les yeux tristes.

— Votre réputation est flatteuse. Mais vous n'êtes pas la pointure que j'imaginais… Il manque quelque chose chez vous. Je ne sais pas quoi. Du discernement ?

Il attrapa son verre de vin d'un geste vif.

— Vous n'avez rien à me dire au sujet de cette… Delphine ?

Il avait arqué un sourcil interrogateur. Attendant une réponse digne de sa perspicacité. Comme rien ne vint, il lâcha un soupir exaspéré.

— Pauvre idiot ! Comme ça a dû être facile pour

cette petite gourde ! Vous êtes naïf, en fait. Naïf et inconséquent. Vous pensez que les équipes de Miller sont restées les deux pieds dans la neige ? Je suis prêt à parier que cette abracadabrante histoire n'est pas étrangère à Miller. J'ignore encore en quoi, mais je le découvrirai. Et vous... Vous me décevez. Quel amateur, vous faites ! À croire que vous êtes devenu totalement stupide !

Je comptai jusqu'à vingt. Mais, rien n'y fit. Un voile tomba comme un couperet entre moi et Rousseau. La rage, la haine me submergeaient. Pour ne pas exploser, je triai mentalement les couverts, mesurai le niveau dans la bouteille, et recommençai ainsi jusqu'à ce que mon rythme cardiaque se calme.

— Il est où le type sûr de lui, méthodique, dont Miller ne pouvait se passer ?

— Il était avec le mec qui était censé me surveiller et qui se permet de manger à tous les râteliers, parce que vous êtes incapable de driver correctement votre groupe ! Il est où l'ancien cadre d'Opex ?

Rousseau serra les mâchoires en amorçant un sourire absolument faux. Il joua avec son verre dont il semblait étudier la transparence avec dans le geste la préciosité d'un tailleur de diamants.

— N'essayez pas de prendre la main... Thomas, à partir de maintenant vous m'épargnez vos initiatives, c'est tout. Autrement, je vous laisse dans les pattes du juge qui n'attend que ça depuis le début. Et vous pouvez me regarder comme ça, ça n'y changera rien.

Je ressentis la tentation de me laisser aller à une libération inavouable, un soulagement avilissant et honteux de courber l'échine, de m'en remettre à l'autorité de Rousseau comme je m'en étais remis, à l'époque, à celle de Franck Miller, qui était une machine à se faire obéir. Une machine qui n'épargnait personne, qui soumettait les serviles comme les rebelles, qui ne connaissait pas les états d'âme, ses rouages s'imbriquant dans une mécanique logique, et tant mieux si elle broyait quelques humains.

Miller fabriquait du zombi. En mode zombi avait-il coutume de scander. Plus penser, plus réfléchir. Abandonner le pouvoir de décision à d'autres. Obéir. Être efficace sans essayer de comprendre. Miller avait tout de suite détecté ça chez moi, s'en était habilement servi sans chercher à m'avilir. Rousseau n'eut pas cette délicatesse :

— Désormais, je ne veux plus entendre parler de vous. Vous n'êtes bon à rien. Je donne des ordres à Bogdan. Il intervient si vous ne restez pas dans cette satanée baraque ! Vous n'en bougez plus.

— À croire que vous espérez m'empêcher de me défendre.

Il ne commenta pas.

Et vous attendez sagement Miller, disait son regard. Et, si vous êtes encore vivant au moment voulu, vous témoignerez.

Son téléphone bipa. Il répondit à l'appel, fit « ha » deux fois, puis « Faites le nécessaire, mon vieux ! » puis reposa calmement l'appareil à la droite de son couteau à poisson.

— Parlez-moi de cette Delphine, de ce qu'ignore Berthier, de ce que vous savez de ses fréquentations. Allez-y, je trierai.

À quel point peut-elle représenter un danger ?

C'était bien le genre de Rousseau. Je pouvais dire de Delphine que j'avais affaire à une sérieuse comédienne. Je ricanai silencieusement à cette pensée, car j'appréciais la manière dont elle m'avait manipulé, j'appréciais les opportunistes, les fêlées et leurs petits jeux. Je n'accepterais jamais d'être jeté en prison (même si c'était de ses adorables mains), mais je devais bien avouer qu'il était excitant de fréquenter une telle femme. Résolument capable de tout. Du pire, le plus souvent.

On ne savait jamais vraiment où l'on allait avec elle. Ses volte-face. Ses errements. Est-ce que vous me suivez ? Mais je dus me retenir pour taire la vérité à Rousseau. Il ne comprendrait rien à mon histoire d'attirance pour ce genre de créatures qui pouvaient vous jeter un sort. Et puis, ce n'était pas ce qu'il me demandait. Lui, voulait du concret, des faits, des noms, de quoi alimenter sa juste paranoïa…

15

La piscine sous le soleil, l'allée gravillonnée, les petits chênes verts et les rochers autour, rien n'avait changé, aucun cataclysme, aucun monstre surgi des profondeurs n'était venu tout détruire. Je reconnaissais mon environnement, chaque chose était à sa place, mais il était évident que Franck Miller rôdait dans le coin, et il avait mon adresse !

Calme-toi, me répétai-je à plusieurs reprises. Calme-toi, bon Dieu !

J'inspectai méthodiquement les alentours avant de quitter la Ford.

Je mis un pied dehors. Le bruit d'un moteur me fit lever la tête en direction du chemin. Je sentis alors ma bouche s'assécher en voyant passer une estafette de la gendarmerie. Elle ralentit et une vitre se baissa.

L'adjudant Berthier agita le bras dans le geste du démineur avertissant la troupe que tout allait sauter. Dans l'état de nerfs dans lequel j'étais, je faillis me jeter à terre.

— Rousseau vous a dit ?

— Non.

— Restez chez vous, m'intima-t-il. N'en sortez pas !

Trois véhicules suivaient. Ils repartirent à fond de train.

Un malheur ? Bien sûr. Quoi d'autre ? Quand la gendarmerie se déplaçait ainsi et vous parlait sur ce ton, qu'elle pouvait en être la raison à part un désastre ?

Ils filaient droit vers la maison des Patrier.

Je n'étais vraiment pas dans mon état normal. N'importe qui dans ma situation, ayant vécu ce que j'avais vécu, aurait obéi, se serait calfeutré chez lui.

Je grimpai dans la Ford, en me disant que si je me montrais si stupide, personne ne pourrait bientôt plus rien pour moi. Mais je me trouvai une bonne excuse : après les moments d'oppression, ma décision était comme une libération. J'agissais par moi-même, je cessais de subir. Je démarrai. Après quelques minutes à rouler en scrutant le chemin et ses bas-côtés, à la recherche de quelques silhouettes inquiétantes arpentant les bois, j'arrivai sur l'espèce de terre-plein qui annonçait la propriété des Patrier.

Je me garai et descendis sans claquer la portière.

C'était la guerre.

Ça fourmillait de gendarmes, certains couraient en tous sens, talkie crachotant, volume à fond, d'autres établissaient un périmètre de sécurité. Tout le monde semblait avoir un rôle, une tâche à accomplir. Personne ne fit attention à moi.

M'approcher me demanda quelques sérieux efforts de contrôle nerveux. Je voulais savoir, comprendre ce qui se passait. J'avançai encore, pas après pas. J'étais totalement à découvert. Raide comme une lame.

La voix de Berthier rugit dans mon dos :

— Bougez pas, Boral !

L'adjudant marcha sur moi, les joues marbrées de colère, rouflaquettes hérissées. Frémissant, n'attendant qu'un seul mot de ma part pour ouvrir les hostilités.

— Qu'est-ce qui ne va pas chez vous, Boral ?

En plus de vingt ans de carrière, il n'avait jamais vu ça, un tel comportement, un tel manque de respect à l'autorité. À cet instant, le bruit caractéristique d'un hélicoptère passant à basse altitude s'annonça, puis grossit jusqu'à couvrir la voix du gendarme.

— C'est quoi votre problème, hein, dites-moi ? s'emporta-t-il en haussant le ton.

Je me penchai en arrière pour suivre les évolutions de l'appareil, réprimant l'envie de fermer les yeux. Mais je craignis qu'il n'interprétât mal cette attitude. Je songeai d'un coup à Adrian. S'était-il évadé, avait-il enlevé Delphine ? Et *quid* de la bande du petit Luca et Caroso. S'en étaient-ils pris à Delphine ? Était-ce lié à Miller ?

— Dites-moi ce qui se passe.

Berthier avait fermé les mâchoires. Il ne rigolait plus. Son regard était blindé de détermination, celui d'un militaire au combat, qui s'est verrouillé sur l'objectif, habité par une tension qui hystérisait le moindre geste.

Les turbomoteurs de l'EC135 sifflèrent à notre perpendiculaire. Les pales découpaient l'air, le creusaient, générant un vortex à la vitesse du son. Je me sentis écrasé par l'effet et arrondis le dos instinctivement. Une file de véhicules occupait maintenant la route derrière la maison des Patrier. Des troupes en descendaient, aussitôt prises en charge et conduites en rangs serrés vers le raidillon qui donnait accès à la partie sauvage des lieux.

Berthier me repoussa avec brutalité.

— Ça suffit ! Boral, je ne le répéterai pas. Si vous continuez à faire n'importe quoi, je vous coffre pour refus d'obtempérer – sa voix grimpa cette fois dans les aiguës – ou pour n'importe quelle raison valable ! Croyez-moi ! Rousseau ou pas Rousseau !

Le groupe prit d'assaut le promontoire humide et glissant. Ça fit une ligne bleue qui s'enfonça sous les chênes verts rabougris.

Je fixai mon gendarme.

— C'est Pandolfo ? C'est Patrier ? Il s'est évadé ?

Il semblait retarder le moment où il devrait me parler.

— Il a enlevé Delphine ? Pire ?

Ses épaulettes se haussèrent.

— Rentrez chez vous. Je vous préviens quand vous pourrez sortir.

Il me laissa là, tournant brusquement les talons. Son talkie crachotait. On ne faisait pas son métier si on avait le cœur fragile. À moins d'être sérieusement atteint. Mais là, à le voir prêt à me frapper, je me dis que c'était grave.

Je m'apprêtais à faire demi-tour avec le regard rivé

sur le rétroviseur. Le boucan que faisait l'hélico devenait insupportable. Je me payais un terrible mal de crâne, me préparais un brouillard nauséeux. Il me fallut respirer un bon moment avant que l'air frais ne me fît du bien et que ne disparût presque entièrement ma migraine.

Des feuilles mortes voletèrent dans le ciel et tourbillonnèrent autour de moi. La sève redescendait rapidement cette année. Ça promettait un hiver à bloquer toutes les routes secondaires, à décourager le plus téméraire des commerçants ambulants. Le froid arriverait du jour au lendemain, et s'étendrait sur toute la région comme un voile glacé tombant du ciel. Je l'avais déjà vécu la première année et j'avais passé quelques jours à perdre du temps avant de me décider à lancer des feux dantesques dans la cheminée. Certaines nuits, le froid avait battu tous les records. J'avais découvert que des canalisations pouvaient exploser, et que des animaux gelaient dans leur sommeil...

Détectant une présence dans mon dos, je pivotai brusquement.

Berthier me fit un signe de la main en brandissant son téléphone. Il avait une mine affreuse.

— Vous me suivez.

Je le dévisageai, attendant la suite. C'était quoi ? Miller ?

— Suivez-moi, Boral.

Je le suivis donc.

Sans un mot. Mon regard planté dans son dos de tunique bleue.

Mes pas dans les siens.

On traversa la route derrière la maison, puis on s'attaqua à la colline, entre les rochers et les chênes verts déformés par les vents et les écarts de température. Berthier passa devant un premier cantonnement. Les têtes de gendarmes se tournèrent vers nous.

Passé un remblai, le chemin devenait caillouteux, friable, annonçant une forte déclivité. C'était une amorce vers un précipice.

Je m'avançai jusqu'au bord de la faille et posai un pied après l'autre, avec prudence sur le sentier qui suivait la cavité profonde et abrupte d'est en ouest. Deux képis nous rejoignirent, nous précédèrent et, arrivés sur un promontoire, Berthier réduisit le volume de son talkie et tendit le bras vers le bas.

D'après ce que je pouvais en juger, le corps avait plongé proprement, directement. Je le voyais net. Il m'apparut comme un amas plat, les membres disjoints et écartés du tronc en des angles improbables. Je pouvais presque visualiser la scène, la franche dégringolade, la chute comme une pierre.

Le gouffre paraissait sans fond. Des ténèbres en surgissaient au fur et à mesure de notre descente. Au bord de la nausée, je levai la tête pour m'arracher à l'envoûtement des grandes crevasses. Le ciel bleuissait, les petits rapaces s'envolaient à notre approche et filaient, tournoyaient dans les airs.

Des types maniant des cordes et des harnais se laissaient tomber en rappel, donnaient les directives. L'hélicoptère décrivait de larges arabesques dans un bruit soufflé.

Arrivé sur une partie plane, on me fit signe de rester là. Je distinguai mieux le corps. C'était celui d'un homme. Ses bras étaient toujours rattachés mais semblaient s'être désolidarisés du squelette. Je claquai alors des dents, comme n'importe quel enfant perdu dans une forêt.

— Prenez, m'ordonna Berthier qui m'avait rejoint. C'est pour vous.

Il me tendit son téléphone.

— Vous identifiez si vous reconnaissez, me dit platement Rousseau sans autre forme de politesse.

Je n'étais même pas surpris.

Rousseau poussa ensuite un long soupir d'attente.

Berthier conservait la tête baissée. Il paraissait désespéré par le spectacle qu'offraient ses hommes au fond du ravin. On hélitreuillait maintenant le cadavre avec difficulté, on le lançait dans la montée. Tout le monde se mouvait avec prudence, ouvrait l'œil de sorte qu'aucun incident ne se produise. Des ordres fusaient de groupe en groupe.

J'étais désarçonné. Par le passé, j'avais déjà ressenti cette sensation de vulnérabilité qu'on éprouvait en perdant la maîtrise d'une situation, d'évoluer à découvert, en total danger. À l'époque, j'aimais et recherchais l'imprévu, l'attrait de l'aventure, son parfum envoûtant. Je fonçais, enchaînais les périodes de stress, menais de front plusieurs missions dans une espèce d'extase continuelle. Mais, ce temps était révolu.

Coincé dans une civière, le corps remontait toujours le long de la paroi.

Berthier se frictionna les mains avec des feuilles sèches, en une toilette grossière. Je pensai, en inspectant les alentours, que nous formions des cibles admirables, que rien ne pourrait arrêter le tir d'un parfait imbécile payé pour m'empêcher d'identifier le mort. C'était idiot, mais je ne parvenais pas à réfléchir autrement qu'en idées morbides, n'ayant aucune logique entre elles, générées par le choc émotionnel du moment.

Deux gendarmes se risquèrent, courbés, profitant de la déclivité du terrain pour attraper le filin et le corps qui se balançait.

— On y va, murmura Berthier en me désignant le bout du sentier.

Je dérapai trois fois. La troisième, j'entendis mon genou faire un petit bruit et un éclair le traversa de part en part. Mais je me relevai, aidé par la poigne de Berthier.

— Allez, Boral.

Il avait dépassé l'agacement. Ce mec me parut alors capable de me pousser dans le vide, rien que pour s'épargner ma présence à ses côtés.

La civière était en matière plastique orange. Elle arriva sur le terre-plein rocheux.

Berthier serra des mains. Les regards des hommes se levèrent sur moi. Il régnait une grande incrédulité à mon égard dans le groupe de gendarmes. On m'observait à la dérobée. Une tunique bleue s'agenouilla, empoigna une lanière et entreprit délicatement de la libérer. Puis, comme à regret, il souleva l'espèce de linceul en caoutchouc.

Le visage avait été miraculeusement épargné par la chute, les rochers et les prédateurs chronophages.

Berthier me fixait.

La voix dans le téléphone grogna :

— Alors, Boral ?

— Connais pas.

— Sûr ? Regardez mieux.

— Certain.

Second soupir. Bref. Chargé de doutes.

— OK, repassez-moi Berthier.

Cet homme, je ne l'avais jamais vu. Il pouvait être un truand que Franck Miller employait, un gars de la bande de malfrats évoquée par Pandolfo, un sbire de Pandolfo lui-même ou un chasseur malchanceux. Mais, maintenant, Berthier me dévisageait autrement. Dans son esprit, notre relation prenait une nouvelle tournure.

— On nous a signalé un 4x4 garé de l'autre côté de la vallée. On aura bientôt plus de renseignements.

Je visualisai la scène : le type repartant vers où il était venu, il glisse ou bien on le pousse, il tombe dans le vide. Il s'écrase.

Berthier coupa la communication puis se perdit dans la contemplation du cadavre. Par son impassibilité, ses soupirs, il m'invita à lui dire enfin la vérité à mon sujet, à développer un minimum. J'évoquai alors succinctement mon passé et les relations que sa hiérarchie entretenait avec moi. Je ne m'étendis que peu sur ma rapide formation par Miller *himself*, ses partenaires militaires instructeurs, ateliers approche et recrutement d'une source. Je parle là de professionnels, méticuleux et patients. Observer et analyser. Se faire des amis. Leur mentir. Parler mais pour ne rien dire.

Berthier hocha la tête quand je lui assurai que ça appartenait à une courte période de ma vie. Cinq ans. Une éternité.

Avec eux, j'avais appris à fouiller dans les boîtes aux lettres d'une éventuelle cible, à ne jamais agir dans la précipitation. Toujours inverser la réflexion pour préparer le plan B. J'avais côtoyé des prototypes de Rousseau : lambdas, discrets, quasiment invisibles. Des, qui, en toutes circonstances, n'avaient jamais l'air inquiet, les meilleurs des espions : ils n'avaient rien à se reprocher. Je ne leur connaissais aucune famille. Leur vie apparaissait d'une monotonie rare, une routine assommante au possible.

C'était peut-être ce genre d'homme qui était venu jusqu'ici. Jusqu'à moi !

Et, un nom me revenait comme un mantra : Franck Miller. J'en eus une coulée de transpiration – de véritables gouttes ! – entre les omoplates.

Redevenu le gendarme serein et sûr de lui, Berthier insista :

— Vous ne reconnaissez vraiment pas ?

— Vraiment pas.

— Rousseau avait pourtant l'air convaincu du contraire.

Mon haussement d'épaules lui tira une grimace.

— On aura rapidement son identité, ajouta-t-il en se mordillant la lèvre.

Miller était là, quelque part. Je pouvais fuir. Oui. Je pouvais. Maintenant que le cadavre était à mes pieds, la peur ne me quitterait plus. C'était sans doute ça, le message caché… La peur pouvait se raisonner, mais ne se combattait pas, pas vraiment.

D'autres gendarmes et un médecin légiste investissaient la scène. L'hélicoptère traçait maintenant de larges cercles concentriques dans le ciel. Il avait l'air de s'éloigner.

Berthier m'entraîna à l'écart.

— Dites-moi que vous n'y êtes pour rien.

— Dites-moi que vous n'y pensez pas sérieusement !

Il soupira.

— Vous savez ce que je devrais faire ? Confier l'enquête à la section de recherche de Carcassonne, ouvrir une information judiciaire dirigée par un procureur, pour mort inexpliquée. Rousseau, ce n'est pas n'importe qui... Vous êtes sacrément sous protection.

Il serrait les poings. Ça allait tellement à l'encontre de sa formation, des valeurs inculquées par la chaîne de commandement, que ça le rendait proprement malade.

Je pouvais comprendre. Il y avait de ça des années, j'avais moi-même été confronté à des événements bouleversant tout ce en quoi je croyais.

Il y avait autre chose que ce simple décès. Il y avait le corps.

Le visage de la mort.

Les circonstances de son accident. L'avait-on aidé à dévisser ? Qui avait-il croisé sur son chemin ? Berthier m'avait confirmé qu'Adrian, rendu à moitié stone par le chagrin et les médocs, ne s'était pas évadé. Loin de là. Il n'avait pas bougé de l'unité hospitalière spécialement aménagée où on l'avait enfermé en attendant de statuer sur son cas... Alors ?

Je me sentis vaseux. J'avais ces images de mort et elles m'en rappelaient d'autres, celles de ces tueurs à la petite semaine que j'avais côtoyés par le passé et retrouvés ici, et de ces gamines qui faisaient le tapin aux alentours des plages. C'était l'envers du soleil, c'était le monde. Le mien comme celui de milliers d'autres.

Oui, je voyais ces types fragiles, en fin de droits, sans plus aucuns droits, prêts à tout pour quelques billets, qu'on envoyait en martyriser ou tuer d'autres, ces vies misérables qui s'entrechoquaient, brisées par le chômage qui sévissait partout, brisées par ces couples qui se défaisaient, cette détresse, et ces ados qui hantaient les fêtes et qu'on précipitait sous le corps d'adultes, toutes ces filles plus ou moins en marge de leur famille, violées par des gars qui croisaient leur errance, et à qui les services sociaux donnaient la pilule du lendemain, des boîtes de préservatifs et une prescription pour une contraception. On devrait leur apporter une protection et une éducation... Mais on semblait supposer qu'avoir une activité offrant une récréation sexuelle faisait désormais partie de leur quotidien, qu'elles seraient violentées comme on allume une cigarette. C'était le cas, c'était le constat qu'on en tirait. On leur disait qu'elles étaient à leur place.

Est-ce que le corps désarticulé de l'inconnu était à sa juste place ?

De retour chez moi, je tentai des exercices de respiration pour soulager la douleur qui me vrillait à l'intérieur. J'inspirai profondément, penché en avant, les mains sur les genoux, le parasol comme une voile plate au-dessus de moi. Le ciel était chargé, lourd et bas de plafond. La chaleur redescendait sur mes épaules. Puis je me redressai et me tournai vers la piscine. Les insectes s'étaient tus. Je m'échouai dans le transat. Pas bon à grand-chose d'autre. Dans un état proche de la léthargie et qui pouvait durer longtemps. Une sorte de plage d'absence. Mon cerveau figé autour de deux images ; celle du pauvre corps désarticulé au fond du ravin et celle de Miller marchant droit sur moi.

16

J'ouvris les yeux. La nuit était tombée. J'avais perdu la notion du temps. Les minutes s'étaient étirées par une sorte d'effet de distorsion et j'étais ainsi, tout à mon réveil lorsque le portail grinça.

Ce bruit... Je m'arrachai aux coussins en me dressant, pistolet en main, prêt à en découdre.

Dans la pâle luminosité dispensée par l'éclairage du jardin, je fus victime d'une hallucination : je vis un suaire flotter, une Delphine en blanc qui avançait vers moi. Son bras en attelle sous sa poitrine. Je songeai alors que je ne l'avais pas entendue arriver, ni elle ni le moteur de sa Fiat. Elle avait marché toute seule dans la nuit, avec un plâtre et la fatigue, la tension endurée ces dernières heures ? Trois kilomètres, au bas mot !

— Tu es venue à pied ? je questionnai, un peu hébété.

— Écoute, faisons la paix.

Je la fixai sans rien dire. Celle qui avait agressé un vigile avant d'être arrêtée, celle qui se considérait comme mon ennemie me rendait visite, celle qui m'avait balancé aux gendarmes comme on jette un os aux chiens semblait transfigurée. Son visage était d'une pureté totale. Elle avait l'air d'une sainte touchée par la grâce, lavée des souillures du quotidien, vierge de tout passé.

Elle écarquillait les yeux. Des larmes y perlaient, noyant le regard.

Je l'observai, tandis qu'elle avançait, – sa main valide effleura le coussin d'un fauteuil – et je sentis tour à tour la colère, l'incompréhension et le doute hystériser mon cerveau. À quoi j'assistais, exactement ?

— Tu viens d'où, Delphine ?

— Ho oui !

— Pardon ? Je te demande d'où tu viens.

— Il voulait me peloter, leur vigile… J'ai pas voulu.

— Mais tu vas bien ?

Elle eut un geste vague qui pouvait signifier que ça n'avait aucune importance.

Cette fois, je pris peur. Je m'éloignai instinctivement d'elle.

Comme une matière vivante, la nuit absorbait le paysage autour de nous.

Rousseau appela. Je pris la communication en regardant Delphine déambuler dans l'allée. Elle ne semblait pas vraiment savoir où poser ses fesses.

Grâce au permis de conduire retrouvé dans le véhicule garé de l'autre côté de la vallée, on connaissait l'identité du type qui avait dévissé. Un certain Martin Lutron, ancien sergent dans l'armée de terre. Domicilié dans la banlieue parisienne. C'était l'hélicoptère du centre météo qui, effectuant un rapide survol de la zone, avait repéré l'auto.

— J'ai posté du monde dans les environs. Je pense qu'on touche au but.

Je coupai la communication. Je refusais d'en entendre plus.

— Tu aurais de la musique ? questionna Delphine au bout d'un moment.

Elle chancela avant de s'écrouler sur un transat. Comme son plâtre la gênait, elle se pencha sur le côté pour croiser les jambes. La robe remonta sur ses cuisses avec la rapidité d'une marée d'équinoxe. Je vis son bassin basculer en avant et les muscles distendre la lisière de sa culotte.

Qu'en dire de plus ? Ma gorge s'assécha. Elle paraissait jouer un rôle. Pouvais-je imaginer incarnation plus remarquable d'une tentative de détourner mon attention d'un piège qu'on me tendait ?

— Un type s'est tué dans le ravin, derrière ma maison. J'ai vu les gendarmes l'emmener.

Ce n'était ni une question ni une affirmation. Ses mots semblaient flotter entre nous quand elle déclara :

— Quelle situation étrange. Toutes ces horreurs, et nous voilà…

C'était intenable. J'éprouvai une peur quasi viscérale qu'un tueur surgisse des poches d'ombres qui nous cernaient. Ça étouffait mon souffle, le comprimait dans ma poitrine. Ça avait ouvert quelque chose en moi, avait percé la fine muraille de courage. Je m'effondrai de l'intérieur. Cette terreur me fit regarder encore dans mon dos et au-delà. Mais il n'y avait que le jardin, la piscine, la petite lumière sortant de la cuisine et le noir le plus complet tout autour.

— Qu'est-ce qu'il se passe, Delphine ?

— Tu te demandes pourquoi j'ai baisé avec ce gamin ? C'est ça ?

Pas du tout. Je m'en moquais éperdument.

Je secouai la tête, peu convaincu par ce ton léger qu'elle glissait entre nous comme un paravent à mes questions.

— Adrian n'allait pas bien, tu sais. Ça faisait un moment... Difficile de t'expliquer l'ambiance à la maison. J'étais devenue comme sa chose. Il était protecteur, mais il pouvait... C'est insupportable pour une femme de se sentir souillée.

J'attrapai mon paquet de Marlboro avec l'envie de fumer jusque dans le bout des doigts.

— Ce jeune type... je ne me souviens même plus de son nom, relança-t-elle avec le regard dans le vague. Toute la journée, j'ai eu une perte de mémoire... Tu trouves que c'est abominable de ma part ?

Delphine s'arc-bouta pour se lever et alla s'asseoir au bord de la piscine, sa robe en un amas mousseux sur la margelle. Elle semblait flotter au bord du bassin, dans l'univers luminescent des spots, perdue dans une aura blanche et bleue, les fesses baignées par un léger clapotis. Cette soirée devenait irréelle.

À présent, mon cœur battait plus fort. Aucune sensation de menace n'avait jamais à ce point produit un tel effet sur moi.

— J'adore ce moment, déclara-t-elle en m'invitant d'un geste à la rejoindre.

La seule riposte était l'immobilité totale, je le savais, et même si je commençais à avoir un bon entraînement – ces dernières années, j'avais eu le temps de mettre quelques trucs au point pour supporter les grosses tensions –, c'était une autre histoire avec une femme comme Delphine. Après quelques secondes à sonder mes doutes d'un regard perçant, elle abandonna ses approches et laissa glisser ses jambes dans l'eau en maintenant le haut de son corps à l'air libre.

On demeura ainsi, silencieux, moi la regardant barboter et surveillant les abords immédiats de la maison et elle occupée à se délasser les gambettes. Je transpirais, une vraie fontaine, ça coulait dans mon dos, et je retins mon souffle quand Delphine se tortilla pour ôter sa culotte en poussant un long soupir.

Elle semblait avoir les plus grandes difficultés à respirer. Elle haletait pratiquement.

J'allumai une seconde cigarette. Mes mains tremblaient. Je ne quittais pas des yeux le chemin qui serpentait vers la route départementale. Il était étrangement fluorescent dans la nuit. Un nouveau bruit, celui que feraient les pierres plates de l'allée sous une semelle hésitante. Je pivotai.

Delphine m'observait entre ses cils.

Elle semblait parfaite ; silencieuse, douce, soumise… Souillée, avait-elle dit ? Qu'entendait-elle par souillée ?

Pistolet au poing, je fis quelques pas vers le verger situé en aval du terrain. Les arbres rabougris se perdaient dans un fouillis d'herbes folles et de broussailles enchevêtrées.

Je continuai sur ma lancée. Avançant sous une lune voilée. La chaleur déclinait doucement. Quelle heure pouvait-il bien être ?

C'était terrible de penser maintenant à Anne.

Il y avait quelque chose dans l'air, une tension…

Delphine restait allongée sur la margelle. Elle ne bougeait plus.

C'est alors qu'un murmure, celui provoqué par un animal traçant sa route dans des feuillages, attira mon attention. Je crachai ma cigarette dont le bout rougeoyant crépita à mes pieds. Mais mon bras était tendu avec l'arme pointée droit devant moi et mon esprit était tout entier focalisé sur le bruit. À peine audible.

En fait, mon cerveau n'intégra pas vraiment l'information, mais la construisit en assemblant quelques paramètres ; un pic de lumière, un changement de pression dans l'air environnant. Déjà, mon corps s'abaissait sans que je lui aie ordonné quoi que ce soit.

Je pouvais filer jusqu'à la cuisine, attraper une boîte de mortiers pour feux d'artifice dont le principe de tir était le même que celui utilisé par les militaires. À bout portant ça pouvait vous stopper net un mec. Mais je n'en fis rien. Delphine paraissait s'être endormie. C'est à cet instant que je crus voir une forme se déplacer à moins de cinquante mètres, entre deux arbustes. Pandolfo ? Le jeune commando ? Rousseau ? Les types du gamin Luca ? Miller ?

À croupetons, avec un début de brûlure dans les cuisses, je crapahutai le plus rapidement possible jusqu'au portail.

— Tu as à boire ? J'ai envie d'un tanker de flotte !

La voix haut perchée de Delphine me cueillit. Crispation dans la poitrine… Mes paupières se fermèrent et je ne tentai rien pour endiguer la colère. C'était étrange, je percevais maintenant un grand silence en moi. Comment pouvait-on entendre le silence ?

— Y'a un problème ?

J'eus conscience de la regarder avec sévérité, les sourcils haussés d'un demi-dièse… à la recherche du moindre éclat de duplicité, de mensonge. Mais rien. Juste un réel intérêt.

Devant moi une silhouette se détacha brusquement de la nuit, s'en affranchit et se jeta en avant. Mon bras se releva en un réflexe de survie entre les mains qui saisirent ma gorge. Je pressai la queue de détente. Trois fois. Mon cœur fit un bond puis je tombai à la renverse. Je fus pris de frénésie, mes tempes battaient, les questions se bousculaient.

Il s'était pris les balles de caoutchouc à bout portant dans le visage. Un beau tir, bien groupé. Il tomba raide sur moi. Christian. Pourquoi lui ? Je ne trouvai aucune réponse cohérente, et ça ne m'empêcha pas d'agripper une pierre de granit et de frapper au hasard, son crâne, ses épaules. Christian n'était déjà plus vraiment conscient. Son corps m'écrasait, ses doigts s'enfonçaient dans mon cou et je sentis mes cartilages sur le point de céder. Je cognai plus fort. Combien de fois ? Je n'en savais rien. Mon bras allait et venait, de bas en haut, de plus en plus vite. Ça n'en finissait pas.

Soudain, Christian ne bougea plus. Pris d'hystérie, je le repoussai, des pieds, des mains. J'essayai de retrouver mon souffle. Le poids mort glissa sur le côté. J'avais besoin de retrouver mon calme, de prendre conscience de ce qui m'arrivait. Je ramassai le pistolet et tentai de me mettre debout. Christian, étendu sur le dos et les bras en croix, avait le visage en marmelade et geignait. Il ne semblait plus représenter une menace mais je ne le quittai pas des yeux.

À cet instant, il laissa échapper un grognement et voulut se redresser. Il crachait du sang partout. Ça sortait de sa bouche. On aurait dit une gouttière engorgée qui se vidait. Je fis quelques pas autour de lui et glissai comme sur une flaque d'huile. Il retomba brutalement sur le dos et poussa un long gémissement. Je le regardai, horrifié. Il paraissait maintenant incapable de bouger, de parler. Une telle pâleur sous le masque sanguinolent… Je n'avais jamais vu ça. J'étais coupable de ça.

Puis, d'un coup, Christian cessa de respirer.

Je restai là, les bras ballants devant sa dépouille, la poitrine oppressée.

— Je l'ai tué, je crois, murmurai-je d'une voix hésitante.

Je me tournai vers Delphine, mais celle-ci demeura muette, sombre, immobile avec son bras plâtré.

— Bon Dieu, mais qu'est-ce que j'ai fait, grognai-je encore en regardant mes mains et l'arme souillés. J'ai pas fait ça.

Je n'étais plus moi, je ne savais plus, je me revis sursauter quand il était apparu. Et c'était tout. Et c'était déjà fini.

Je tanguai autour du cadavre. Un vrai zombi. En mode zombi. À cet instant Miller était à mes côtés, il ricanait à mon oreille.

À un moment, je tombai à genoux.

Autour, la nuit enveloppait tout.

Sans doute était-ce l'occasion de réfléchir, mais mes pensées n'allaient pas plus loin, se volatilisaient dans la seconde.

Je restai dans la même position, à genoux devant la dépouille de l'étrangleur surgi de nulle part.

Puis, je me remis debout, la tête vide, le corps creux.

Il fallait que je boive quelque chose. Je ne tenais plus sur mes jambes.

Il fallait…

Appeler la police, Berthier… Rousseau ?

Delphine me regardait aller et venir. Elle semblait sous le choc. Deux épisodes d'une rare violence en moins de trois mois. Il y avait de quoi vous déstabiliser.

Je devais contacter Rousseau. Il pourrait arranger les choses. Mais, s'il pétait les plombs, lui aussi, ça avancerait à quoi ? Le cousin Christian était mort. Faire de la taule pour ce quasi-inconnu qui avait tenté de m'étrangler ? Pour qui et pourquoi ?

J'avais tué un homme…

Je me retrouvai devant le réfrigérateur, attrapai une bière. Étais-je prêt à me débarrasser de ce corps, à le dissimuler, l'emmailloter dans je ne savais quoi et l'envoyer au fond d'un étang ou d'un ravin ? Ma gorge s'asséchа. La bière n'y ferait rien.

Je regardai Delphine droit dans les yeux. Elle était tétanisée. Je ne l'imaginais pas capable de me soutenir dans cette épreuve, de m'accompagner dans la nuit avec ce chargement immonde, mettre cap vers la montagne, s'enfoncer dans l'obscurité en portant Christian et décider du meilleur lieu pour le jeter dans le vide. Comment trouver la force ?

Je me vis le hisser jusqu'au bord d'un précipice et le pousser en tendant l'oreille, en espérant le voir disparaître, et ne pas entendre le bruit que ferait le corps contre les rochers. Un bruit certainement abominable.

Delphine grimaça. Nous n'avions toujours pas échangé un mot.

Quelle était sa part de responsabilité dans ce traquenard ?

Majeure, me semblait-il.

Pourquoi Christian ? Comment avait-il pu la convaincre ? Pour quelles raisons s'était-il embarqué là-dedans ? La vengeance ? Mais, de quoi ? La folie ? Comme Adrian ? Étaient-ils tous devenus fous à lier ?

— Delphine…

Je n'avais pas la force d'exiger de grandes explications. Toute ma colère avait disparu. J'étais vide, creux. Les jarrets coupés. Je n'aurais su quoi faire de sa vérité. Pas à ce moment. Il y avait plus urgent.

Pourtant quelque chose dans l'attitude de Delphine me poussa à la questionner :

— Mais, pourquoi ? Putain, pourquoi ?

Elle agita mollement son bras valide pour me signifier que ça la dépassait.

Puis elle lâcha quelques phrases. Christian s'était persuadé que j'avais poussé Adrian à commettre l'irréparable, à sombrer dans la folie. Voilà, pas besoin d'être gendarme pour chercher de mauvais coupables, pour nier l'évidence que le garagiste était totalement dément. Christian avait jugé que j'étais responsable des malheurs de son abruti de cousin par alliance.

J'eus un doute affreux :

— Tu lui as dit pour nous deux ?

Elle baissa la tête.

J'insistai :

— Ce mec était amoureux de toi ?

Je ne voyais plus son visage, mais le sommet de son crâne. L'intuition me tira une grimace : c'était à pleurer de stupidité.

— Tu lui as dit que tu baisais avec moi. T'as trouvé que ça pour t'en débarrasser ?

Son regard d'animal blessé me laissa de glace. Et là, une vérité se fit jour dans mon esprit : elle et son mari, le cousin, et les amants, tous ensemble, formaient une équipe dangereuse, le gang infernal des défoncés du ciboulot, des barges finis, un maelstrom de déglinguos, un gouffre sans fond qui aspirait quiconque avait le malheur de s'en approcher !

J'étais atterré. Quel imbécile je faisais !

Le corps ne bougeait pas. C'était horrible de contempler ce tas d'organes désormais inertes, arrêtés, ce satané cadavre avec mes empreintes et mon ADN partout sur lui et ses vêtements... Des policiers allaient m'interroger et la catastrophe était prévisible si je ne sortais pas une solution. Rousseau ne se mouillerait jamais pour expliquer au gendarme Berthier que ce Christian devait rejoindre les anonymes qui disparaissaient chaque année au fond d'une quelconque crevasse, vous voyez, c'est simple, encore un qui a dérapé, qui a présumé de ses forces, vous voyez. Les gens sont ainsi, à prendre des risques inconsidérés. Non, le contrat qui me liait à Rousseau avait des limites.

Delphine finit par relever la tête.

La nuit était toujours aussi douce, la piscine n'émettait plus aucun bruit de clapotis, les chauves-souris frayaient ici et là, j'avais froid, j'avais chaud.

Oui, j'avais un problème. Et le mieux était que j'appelle Berthier, que je me rende. Tenter l'accident bête ? Mais on en était déjà au troisième… Trois accidents dans des circonstances pour le moins étranges…

Faire disparaître le corps, nettoyer les traces ? Cette idée me révulsa. Je tombai dans l'horreur.

Delphine me fixait.

Je réalisai que je n'étais pas le seul témoin de cette ignominie, qu'elle était à la fois complice de mon agresseur et témoin de son trépas.

– Je suis avec toi, dit-elle d'un coup en jetant les mots comme elle aurait crié « Attention ! Il y a un trou ! » Je suis totalement avec toi ! Il m'a forcée !

Elle m'étreignit l'avant-bras pour me guider vers l'intérieur de la maison en faisant remarquer que j'avais besoin de m'asseoir, j'accusais le coup et c'était bien normal…

— Christian m'a frappé, déclara-t-elle.

Elle me montra des traces de coups qui auraient, selon elle, marqué son bras valide. Je ne vis rien d'autre que sa peau au bronzage parfait et dont la douceur était un vrai appel à caresses.

— J'ai eu peur, Thomas. Tu comprends ? Assieds-toi, voilà. Dis-moi, si ça te gêne si je t'aide. Tu préfères que je parte ? Tiens…

Elle attrapa une bouteille qui traînait depuis

toujours sur une étagère.

— Faut que tu boives un truc.

Je m'entendis la remercier pour le verre, sans penser à en vérifier discrètement son contenu au cas où par mégarde elle y aurait glissé quelque chose. Mais, à première vue, ce n'était que de la bonne vieille tequila bien râpeuse.

Elle éteignit les lumières, ferma la porte, ouvrit le robinet d'eau froide, tandis que j'avalais l'alcool consciencieusement, avec méthode. Puis, elle jeta un torchon dans l'évier.

— Ne bouge pas.

Je ne vis que sa bouche et sa poitrine quand elle entreprit de me nettoyer le visage puis les avant-bras et les mains. Elle s'exécuta comme une mère avec son enfant: par petites touches, répétées, tout en patience et délicatesse. Elle se penchait, ses cuisses butaient contre mes genoux et ses seins semblaient totalement libres sous le tissu de la robe. Christian était échoué, mort, à quelques mètres, la tête sanglante dans les graviers de l'allée, et Delphine rinçait le torchon. Maintenant, elle humidifiait mon cou, soupirait doucement, sa bouche à quelques centimètres de mon visage, en murmurant des mots qu'une attaque d'acouphène m'empêchait de bien entendre. J'avais la tête prise dans une espèce de caisson hyperbare.

— Tu sais, déclara-t-elle, on ne se connaît pas très bien, finalement. Mais, crois-moi, je n'y suis pour rien. Tu dois me croire. Christian m'avait déjà forcée à faire des trucs. Il est très violent. Ils sont tous très violents avec moi…

Souillée, disait-elle…

Je la repoussai gentiment pour terminer mon verre, en me félicitant de garder mon calme. Sa vie privée ne me concernait pas. Je me moquais de ses explications. Je n'avais qu'une idée en tête, prendre une décision. Ce corps qui reposait devant la porte d'entrée occupait toutes mes pensées. J'en étouffais.

— D'ailleurs, poursuivit-elle d'un ton égal, j'avais rompu, sexuellement parlant.

Elle pouffa de rire. Mais, ce rire était sec, sans essence, c'était celui d'un être qui n'attendait plus rien. Et là, je pris peur. Les circonstances ne la terrifiaient pas. Rien ne la touchait plus.

— Tu prends des trucs ?

Ma question lui fit hausser les sourcils.

— Tu ne comprendrais pas, fit-elle en jetant le torchon sur l'égouttoir. J'en avale tellement que ça ne me fait plus rien.

— Attends, je viens de tuer ce pauvre type et tu ricanes ? Tu te rends compte ? Tu te rends vraiment compte de la situation ?

Elle tomba à mes genoux en maintenant son bras cassé contre elle.

— Je ne te demande pas d'accepter, dit-elle, mais de me croire. Je ferai tout ce que tu veux pour t'aider. Ne me fais pas mal, s'il te plaît. Ne me frappe pas.

Elle ajouta qu'Adrian et Christian paraissaient doux, au premier abord. Doux et attentionnés. La vérité était qu'ils entretenaient un jeu bizarre, depuis des années. Ça remontait à l'enfance. Ils étaient jaloux, ça oui. Mais ça ne les empêchait pas de sous-entendre qu'elle aimait s'envoyer en l'air plus que la plupart des femmes. Ça les excitait, cette tension, ce besoin de violence… Comme par hasard, Christian arrivait, s'invitait chez elle, la forçait à faire des choses… Elle n'avait jamais su comment aborder le sujet. C'était délicat entre eux. Christian n'était pas le seul. D'autres types, comme le jeune apprenti, se pointaient pour lui offrir une bouteille dès qu'Adrian avait le dos tourné.

— Tu te doutes que j'ai vite compris. Mais Adrian a toujours refusé… Ça n'allait pas dans sa tête.

Delphine se tut. Je vis des larmes couler sur ses joues.

— Christian, puis d'autres sont arrivés dans notre couple. Il n'a pas supporté pour nous deux. Il m'a forcé à parler aux gendarmes.

Oui, mais j'avais convaincu Berthier de ma bonne foi dans cette histoire…

— Alors, il est devenu fou. Son cousin était en taule et toi…

Sans me quitter des yeux, elle se redressa et alluma une cigarette. Le long jet de fumée voleta au-dessus de sa tête.

— Je peux te poser une question ? demanda-t-elle. Tu n'as personne, pas de petite amie ? Je ne dis pas ça pour te mettre mal à l'aise, entendons-nous bien. Je pense que tu as besoin de quelqu'un pour t'accompagner, pour t'aider.

Nos regards convergèrent vers la porte d'entrée, et au-delà. Elle ouvrit la fenêtre.

— Le vent se lève, on dirait, déclara-t-elle.

Effectivement. Une bourrasque, puis une seconde traversèrent le jardin. Une alerte lointaine. Je me levai pour me planter devant l'évier. Le ciel était dégagé, et on entendait là-bas en altitude, de l'autre côté de la maison, les chênes verts s'agiter comme si des mains invisibles les secouaient. On allait vers un épisode rock'n'roll.

Delphine prit appui contre mon épaule, se colla à moi.

— Tu n'as rien fait de mal. Tu t'es défendu. Regarde-moi. C'est important d'avoir des gens sur qui compter.

Oui. Je devais me faire violence. Si je ne déplaçais pas ce corps, si je ne l'éloignais pas d'ici, c'était fichu.

— Il a averti quelqu'un ?

Je me maudis. Voilà, j'y étais. Je venais de faire un pas de plus dans la criminalité ! Delphine papillonna. Message reçu 5 sur 5.

— Personne. Il m'a fait une scène. On est partis direct de chez moi.

— Où est la bagnole ?

— Pas loin. À une centaine de mètres.

Fouiller ses poches, prendre les clefs, tout ce qu'il avait sur lui. Fourrer Christian dans la voiture. La déplacer. Balancer le tout dans un ravin.

Fouiller ses poches... Toucher ce corps mort. Le retourner. Le porter ! Le triturer dans tous les sens !

Christian devait peser ses 90 kilos ! 90 kilos inertes, mous. Delphine ne me serait d'aucune aide avec son bras en chewing-gum. J'allais me coltiner cette épreuve seul. Autant dire les douze travaux d'Hercule. Et, si je choisissais cette voie, je ne devais plus tarder, profiter de la cape d'invisibilité que m'offrait encore la fin de nuit. Je connaissais des endroits autrement plus dangereux que le ravin où le militaire avait trouvé la mort. Des qui recelaient des secrets, et des disparitions.

Sans plus réfléchir, j'allai dans le garage. La bâche

de chantier et ses cordons en vinyle renforcé me tendaient les bras. Je l'attrapai en m'admonestant de ne pas flancher, de tenir le coup. Mes jambes ne recevaient que partiellement le message : elles voulaient à nouveau me trahir, tremblaient des cuisses aux mollets. De vrais soubresauts musculaires. Incontrôlables. Je revins dans le jardin avec l'attirail, jetai le tout devant la dépouille de Christian.

Delphine souriait étrangement en fléchissant les jambes jusqu'à s'agenouiller. Sans sourciller, elle fouilla et retourna les poches du cadavre. Gestes vifs, précis, visage serein, empreint d'une belle lumière. Elle était proprement effrayante.

— On le fout à poil ?

Non, je m'étais décidé. Je pensais que le mieux était de le mettre au volant de son tacot et de le balancer dans le vide. Mais on pouvait avoir besoin de la bâche.

— D'accord, comme tu veux. Je suis complètement dedans, déclara-t-elle. Je suis avec toi. Totalement !

Elle m'attrapa encore l'avant-bras. Mais, cette fois, de cette main qui venait de toucher la peau morte de Christian ! Je dus faire un effort surhumain pour ne pas grimacer. Elle vit ma reculade et sans attendre alla déplier la bâche et tirant les cordons pour étaler l'espèce de toile d'araignée. On était dans l'horreur. Je tenais à peine sur mes jambes et Delphine s'activait, l'air concentré, concerné. La fille hagarde, défoncée, et qui m'avait balancé aux flics, puis piégée (contre son gré ?) se muait en une personne dévouée, un Victor Nettoyeur efficace, calme et méthodique. Une aide silencieuse, rassurante.

Le vent fraîchissait, avec des odeurs de terre desséchée, de végétation en soif d'eau qui soudain s'humidifiait. Je pris de longues inspirations tandis que je jetais des coups d'œil autour de nous afin de nous épargner de mauvaises surprises. Où étaient Rousseau et son commando à cet instant ? En train de nous espionner ? Qu'attendaient-ils alors pour débarquer et prendre les choses en main ? Pas un bruit. Seules ces rafales qui agitaient la forêt et les hauteurs de la montagne Noire. Tout semblait endormi. Au loin, vraiment très loin, des quelques maisons ici et là, ne provenait aucune lumière. J'imaginais les voitures garées, les chemins, les voies désertes.

Delphine fit un petit tas des objets trouvés dans les poches du mort : des clefs, un portefeuille, un billet, puis décréta :

— On va chercher sa caisse, on le charge dedans, on va loin.

Je sentis ses ongles se planter dans mon avant-bras.

— Allez, on se fringue, on se prépare. S'il faut marcher 50 kilomètres pour revenir, on le fera.

Je réalisai que le Christian qu'elle avait côtoyé et baisé n'existait déjà plus dans son esprit. Il était désormais un ustensile encombrant dont elle devait se débarrasser pour qu'il disparaisse le plus vite possible.

Ce n'est pas à moi que ça arrive, pensai-je. J'allais me réveiller !

Christian était là, et il ne disait rien, il restait là, à me regarder au travers de ses paupières closes ! Et il n'était pas content de ce qu'on avait fait. Ça se voyait. Il nous maudissait, nous promettait des heures horribles. J'aurais voulu lui dire que j'étais vraiment désolé, sincèrement, mais qu'à présent, je n'y pouvais plus grand-chose, et que je devais penser à moi.

Delphine me secoua. Elle attendait une réaction en m'observant du coin de l'œil et son examen la laissait dubitative : allais-je m'écrouler et tout faire foirer ?

Ce qui est fait est fait. Qu'on soit navrés ou pas…

Elle me planta là et après quelques minutes revint avec un seau et un balai-brosse. Les lumières de la piscine scintillaient, les nuages masquaient le ciel et les étoiles, la température retombait et Delphine aspergea à grande eau la petite mare de sang.

— Va chercher sa bagnole, m'ordonna-t-elle.

— T'as aucun cœur.

Ça m'était venu comme ça, et je m'en voulus tout de suite.

Elle opina en grimaçant sous l'effort. Je la laissai récurer l'allée de son seul bras valide.

— Alors, comme tu veux. Tu penses ce que tu veux. J'avais 14 ans. Ces connards m'ont violée, annonça-t-elle d'une voix faible. On avait bu. Ils ont toujours dit qu'ils ne s'en souvenaient pas. Ils m'ont violée, insista-t-elle avec un air douloureux et buté. C'est comme ça. J'avais 14 ans. Après, j'ai fait la pute. Après, j'ai revu Adrian… Personne ne voulait de moi. Mon père m'avait jetée dehors, les voisins – des amis d'enfance, tu te rends compte ? – me fuyaient. Adrian et Christian ont abusé de moi, mais ils ont toujours été là. Pour moi.

Elle récura de plus belle.

— Pendant des années, j'ai cru que ce qui m'était arrivé était de ma faute…

Adrian lui serinait qu'elle était responsable de tous

les mauvais traitements qui pouvaient lui être infligés – même si c'est lui qui lui en infligeait le plus. Elle ne faisait que subir ce qu'elle avait toujours subi dans son enfance. À 6 ans, le jour où on décida de la placer en foyer, les choses, pensa-t-elle, allaient sans doute s'améliorer et elle pourrait enfin vivre.

Malheureusement, ces années sous la tutelle du Service de placement individualisé à Carcassonne lui confirmèrent que pour la plupart des enfants, leur chambre est l'endroit où ils se sentent en sécurité. Dans son cas, quand la porte s'ouvrait dans la nuit, elle sentait les muscles de son corps se raidir. Elle ne voyait le visage de l'homme qu'au dernier moment. Il se penchait sur elle. C'était un masque, un rictus déformé par le vice. Elle n'était plus un bébé, elle aurait dû se rebeller, crier, l'affaire aurait été rapidement réglée, mais elle ne disait rien et se demandait si son propre sourire pouvait apaiser la douleur qui habitait son agresseur…

— Oh, ma chérie a peur… Il ne faut pas ! préconisait-il.

Mais la sollicitude de sa voix était exagérée et fausse, et il bavait en relevant sa chemise de nuit d'une main pleine de fièvre. Elle restait toujours étendue dans son lit, choquée et étourdie. Elle ne bougeait pas.

Elle savait qu'elle n'avait rien fait de mal, mais qu'elle méritait ce traitement – en tout cas de son point de vue – pour que monsieur Vandassi se mette dans de tels états… Au matin, il était tout gentil. Jamais il ne lui criait dessus, ne la punissait ou bien la giflait. Il restait souvent dans l'embrasure de la porte de sa chambre et lui souriait. Ce n'était pas de beaux sourires…

— Qu'est-ce qui s'est passé, Delphine ? Tu peux tout nous dire. Monsieur Vandassi ne peut pas t'entendre.

Le policer était assis à la tête du lit.

— Je vous l'ai dit, elle se fait ça toute seule, était intervenue la directrice du centre. Pas vrai, Delphine ?

— Des suçons à l'intérieur des cuisses, madame ?

Delphine empoigna le seau et retourna vers la cuisine pour le remplir.

— Christian a même plus ou moins essayé de m'étrangler, renchérit-elle à voix haute pour compléter le tableau. Maintenant, tu en fais ce que tu veux. Au moins, tu sais.

Je ramassai les clefs du cousin, croisai le regard de Delphine. J'y lus de la détermination, mais aussi la douleur, la colère, la désillusion. Je lui en voulus de s'être confiée ainsi, ça me perturbait, je perdais ma concentration. La police, c'était une chose. Les services sociaux, une autre. Delphine avait raconté tout ce qui se passait dans le centre. Elle s'était sentie soulagée, elle avait espéré qu'on la comprenne : c'était leur métier de protéger les enfants comme elle.

L'assistante sociale se teignait les cheveux en bleu et ses ongles avaient toutes les couleurs d'un arc-en-ciel. Delphine avait réalisé que quelque chose n'allait pas.

— Eh bien, Delphine, où je vais pouvoir te placer, maintenant ?

Puis elle ne lui avait plus rien dit.

Je me retrouvai sur la route, avançai dans la nuit et, au bout de quelques minutes, butai sur la vieille Mondeo que le Christian belliqueux avait rangée sur le bas-côté. Comment ne l'avais-je entendu arriver? Avait-il coupé le moteur bien en amont? Certainement, puisque le terrain avait une franche déclivité.

Quand je rentrai l'auto en marche arrière, Delphine avait tout nettoyé et dispersait de la terre de jardin ici et là à l'emplacement du corps. Pendant un moment, nous restâmes silencieux.

— C'est dur, dit-elle.

Restait à charger le mort sur le siège passager, à le maintenir avec la ceinture de sécurité. Et une fois arrivés sur les lieux, tout recommencer, mais côté conducteur. La tâche me parut immense.

Soudain, comme je m'apprêtais à glisser mes mains sous les épaules de Christian, je me sentis transpercé par une décharge électrique et l'illumination me vint. Je dévisageai Delphine et elle capta aussitôt que j'avais compris.

— Oh non. Tu n'as pas fait ça?

Elle piqua du nez sur les chaussures de Christian.

— Tu me l'as envoyé exprès? Delphine. Regarde-moi. C'était pour t'en débarrasser comme tu t'étais débarrassée d'Adrian? Te venger d'eux? Pour en finir avec votre histoire, ajoutai-je. Tu n'as trouvé que ça pour repartir à zéro avec les hommes, pour nettoyer, blanchir les premières années de ta vie...

Pour que quelqu'un paie, pour tous ceux qui étaient au courant de certaines des choses qu'elle subissait et qui n'avaient pas bougé le petit doigt, pour ceux qui ne pouvaient à l'évidence pas tout savoir tant elle mettait de soin à dissimuler ses mauvais traitements, mais qui surtout faisaient en sorte de ne jamais pouvoir voir.

Pour toutes ces raisons, pour gommer de ses souvenirs les regards de monsieur Vandassi, pleins de promesses malsaines, qui semblaient dire : « Tu fais ta maligne, mais attends seulement qu'on soit seuls. Je vais te faire du bien, petite vicieuse… »

J'étais atterré. Je n'avais qu'une envie ; tout envoyer balader, me sortir de ce piège en prenant le large. Mais, les événements et le temps jouaient maintenant contre moi. Alors ; je soulevai le tronc de Christian et tirai. Étonnamment, le corps répondit à ma traction sans trop de résistance. Les talons de Christian laissèrent des sillons dans le gravier. Delphine balayait consciencieusement derrière pour en effacer toute trace. Mes entraînements quotidiens m'aidèrent, je trouvai une régularité dans l'effort, le dosai, et au bout du compte, j'arrivai à asseoir Christian contre la roue avant. Son visage prenait une teinte proche de la lividité. Son sang avait souillé mes vêtements et ma peau ici et là.

Delphine n'avait rien répondu. Elle s'activait, éteignait les lumières de la maison, rangeait le seau, le balai. Puis, elle se planta devant l'auto.

— On le charge ?

OK. Je pouvais lui exploser la tête et tout laisser là.

OK. Je ne le ferais pas.

Pour tirer Christian sur le siège je devais grimper à l'avant, m'arc-bouter et…

La demi-heure qui suivit fut un moment d'horreur. Le dégoût me submergea. Je faillis vomir à plusieurs reprises. Une moitié de la population de cette planète était une bande de fous meurtriers et l'autre moitié, les victimes. Non, nous l'étions tous, fous.

L'effondrement n'était pas à venir, ça avait commencé avec l'apparition de l'homme sur Terre.

Je fis des pauses, suant et soufflant comme un bœuf. Il régnait dans l'habitacle une insupportable odeur de transpiration. Delphine m'encourageait à accélérer le rythme, à ne plus traîner. Elle me manageait !

D'un bout à l'autre, le ciel était bas, sombre. Une fine pluie s'effilochait au-dessus de la maison, annonçant une averse torrentielle. Les traces de sang seraient définitivement effacées. Ce fut la seule pensée cohérente qui me vint. Les nuages semblaient se précipiter sur nous, obscurcissant tout à fait le ciel, au point que l'éclairage de la piscine parut étouffer puis disparaître.

Il me restait à caler Christian contre le dossier. Le corps s'avachissait sur lui-même. Je crus que j'allais m'écrouler de fatigue. Mes bras et mes jambes tremblaient. Mes muscles brûlaient. Un forcené martelait une enclume dans mon crâne.

Delphine s'installa sur la banquette arrière avec un sac à dos et la bâche impeccablement repliée comme un parachute. Elle avait un petit air extrêmement buté. Concentré. Comme perdu.

— J'ai pris des fringues pour nous deux.

Delphine était parfaite. Et pour cause. Delphine avait plus ou moins tout planifié.

Je démarrai. D'énormes gouttes frappèrent soudain le pare-brise et les vitres. À la première accélération, Christian bascula en avant et s'effondra sur le côté. Le sang sur son visage formait maintenant comme un masque troué de jaune d'œuf séché. Et il y avait cet enfoncement à l'arrière de son crâne… C'était horrible. Mais je m'en moquais à présent. Je n'étais plus à ça près. Je m'essuyai les yeux, mes mains puaient la mort et ma respiration sifflait. Delphine dit « Mon Dieu » par deux fois en fixant un point dans la tourmente, dehors. J'avais envie de me jeter sur elle, ne sachant si je désirais la serrer dans mes bras ou la démolir.

Elle aimait monsieur Vandassi. Elle pensait que cet étrange sentiment était entièrement de sa faute et elle cherchait désespérément son affection. Il prenait souvent sa défense dans les conflits qui pouvaient survenir dans le centre. Et au moins, il ne la battait pas et n'était pas méchant avec elle.

Un jour, elle avait eu le courage de dire à un professeur qu'elle n'était pas en sécurité au centre, qu'elle ne pouvait plus y vivre. Elle parla de suicide. Il n'y avait pas d'autre moyen pour que tout ça s'arrête. C'est à cette époque qu'Adrian et Christian la violèrent la première fois.

Je savais où aller. Suite aux intempéries de 2018, plusieurs routes en amont avaient été touchées, avec des éboulements et des effondrements de pont. La zone avait été interdite à la circulation, le temps que les travaux d'urgence soient réalisés.

L'auto de Christian pourrait nous amener jusqu'au haut du chemin, à l'entrée de la carrière. Les écoulements de pluie avaient fortement raviné les bas-côtés, occasionnant des glissements de terrain, arrachant les talus, laissant des brèches béantes avec des profondeurs de cinq mètres par endroits. Des câbles électriques s'étaient écroulés ou bien avaient été mis à nu.

Autant dire que le site était bouclé, sécurisé et visité que par les ouvriers. Et encore ! Le chantier n'était pas une urgence. On parlait au bas mot d'un délai avoisinant les cinq ans ! Derrière, au bout d'un sentier, s'ouvrait un gouffre entre deux pans de la montagne.

Et, dans la région, Christian ne serait ni le premier ni le dernier qu'on retrouverait (ou pas) au fond d'un ravin, dans son auto, à près de 40 ou 60 mètres en contrebas de la route. Les journaux rapportaient régulièrement ce genre de drame. Les raisons en étaient accidentelles et restaient le plus souvent indéterminées. L'automobiliste perdait le contrôle de son auto alors qu'il revenait d'une soirée pour rentrer chez lui ou faire Dieu sait quoi dans un coin isolé. Invariablement, la voiture déviait de sa trajectoire, traversait la chaussée et percutait un parapet avant de chuter dans l'inconnu. Sans compter les gouffres avec des puits d'accès ouverts au ras du sol et qui vous entraînaient dans des réseaux de plusieurs kilomètres. Vous entriez là-dedans et un spéléologue vous retrouvait au mieux quelques années plus tard.

Je cherchai le regard de Delphine dans le rétroviseur.

— Tu avais tout manigancé. Tu es complètement folle, tu sais ? Tu es folle à lier.

Je crus voir des lumières, plus bas dans le raidillon, celles que feraient deux longues portées d'un véhicule tout-terrain. De surprise, je donnai un méchant coup de volant. La voiture fit un écart alors que nous abordions la dernière montée vers l'ancienne carrière. Je freinai, guettant et redoutant le retour des phares dans la nuit. En vain. Mon pauvre cerveau mis à rude épreuve avait inventé ce nouveau danger. J'étais dans un sale état.

Delphine se recroquevillait dans la banquette. Insensible à mes paroles. Mutique. Perdue dans ses pensées.

— C'est quoi ? Une vengeance ?

Je me sentais fiévreux, mais tout à fait lucide. Je me retrouvais à conduire un cadavre sur cette route qui commençait à ressembler à un torrent et j'avais des hallucinations visuelles. Il ne fallait pas traîner. J'étais très fatigué. Ce n'était pas, néanmoins, le moment de me disperser. Je me concentrai sur les minutes à venir ; tenir cette foutue Mondeo sous cette pluie diluvienne serrée comme les mailles d'un filet, éviter les trous, contourner les ornières qui se remplissaient d'eau et aspiraient les roues.

Je plissai les paupières, râpeuses comme du sable. Je donnai des coups de volant, à droite, à gauche. Mon cœur me renvoyait des signaux inquiétants de tachycardie. Il se battait, lui aussi.

Je n'éprouvais pas de remords, mais une profonde répugnance pour ce que j'avais fait et ce que j'entreprenais de faire, et surtout je me sentais à bout de forces. Quand j'arrêtai enfin le véhicule, en laissant le moteur tourner, à quelques mètres du ravin, il me sembla que la portière pesait des tonnes. Je l'ouvris avec difficulté. Le vent avait décidé de me bloquer à l'intérieur de la voiture, au point que je partis à la renverse sous la pluie et retombai sur le coude. La douleur irradia dans tout le bras, jusqu'à l'épaule.

Delphine n'avait pas bougé. Tankée sur la banquette.

Je lui criai de sortir de là, mais ma voix parut s'éteindre comme on souffle une bougie. J'eus alors l'impression d'être une radio dont les piles commençaient à lâcher. Je me dirigeai avec prudence vers une zone qu'une tempête avait bien abîmée, là où les roues mordraient la pierre avant de rencontrer le vide. Et la tâche ne fut pas agréable : je n'y voyais pratiquement rien.

Puis, je retournai vers la Mondeo. Restait à déplacer Christian, le positionner devant le volant, puis à avancer son tacot jusqu'au bord, mettre au point mort en espérant que le tas de ferraille soit assez concassé après sa chute pour empêcher les flics de déterminer qu'aucune vitesse n'était engagée…

À cet instant mon téléphone portable vibra contre ma cuisse mais je l'ignorai, je m'attelai à la besogne. Ce fut pénible. Je tirai et soulevai une jambe de Christian, puis l'autre, pour le faire basculer côté conducteur. Enfin, je me calai, lombaires contre le coffre, cuisses tétanisées et bien tendues. Je poussai la Mondeo centimètre par centimètre jusqu'au gouffre, en évaluant les derniers efforts à fournir. Je me tournai vers Delphine qui était sortie, l'appelai à l'aide. Elle gardait la tête baissée sous le déluge. Les lumières des phares effleuraient son corps et semblaient l'éclairer de l'intérieur ; elle rougeoyait comme une bougie parfumée.

Et, alors que je bloquais le frein à main, que les roues mordaient maintenant le sol détrempé à quelques centimètres du vide, une forme surgit dans le dos de Delphine. On eut dit un spectre et son ombre se précipitant vers leur destin. Arrivé à ma hauteur, le spectre se redressa. Dans le bruit infernal que faisait la pluie, je ne perçus le déplacement qu'au dernier moment.

Je vis alors le visage grimaçant de Franck Miller et une masse indistincte fendit l'air, me frappa en pleine tête. Je me sentis partir en un demi-tour sur moi-même et une gerbe de sang gicla sur le capot blanc de la Mondeo.

17

Quand j'ouvris les yeux, je sus que mon état d'inconscience n'avait duré que quelques minutes. Je voulus bouger, m'étonnant de n'être pas mort. J'étais quelque part sur un à-plat en saillie de la paroi qui avait certainement arrêté ma chute et je me retrouvais au-dessus d'un vide, mais je ne le voyais pas. Je pouvais le sentir, c'était tout. Je m'adossai à la roche et me palpai. Mes doigts rencontrèrent une matière chaude sur mon crâne et mon visage. Je devais saigner. Ma jambe droite me faisait souffrir.

Je pensai à Delphine. Avait-elle été tuée ? Et Christian ? Était-il au fond de ce gouffre, écrabouillé dans sa Mondeo ? Qu'avait fait Miller après mon agression ?

D'un coup, quelque chose céda sous moi et je glissai en m'écorchant les mains, les bras, le dos. Je ne pus me retenir à quoi que ce soit. Une image se fit dans mon esprit : moi précipité dans un vide absolu ! J'allais mourir !

Mais une masse heurta ma cheville, je partis de travers et m'immobilisai. J'avais atteint le fond d'un goulet, plein de débris pierreux qui m'arrachèrent les paumes quand je tentai désespérément de stabiliser mon corps qui avait tendance à déraper vers ce trou noir sous moi. Ce trou qui semblait exercer son pouvoir d'attraction avec une véritable volonté ! C'était une question de secondes avant que je ne tombe à nouveau.

J'essayai alors de me retourner sur le ventre et de ramper en crochant entre les cailloux avec les doigts. Je pouvais sombrer à tout instant ! Tout ça ne tenait qu'à quelques millimètres de terre qui retenaient des affleurements de granit, entrelacs de racines tordues, et qui formaient de provisoires prises à la lisière d'un vide vertigineux. Dans les films c'était captivant à voir, de mon point de vue, c'était une terreur totale. Tétanisante. Elle cristallisait tout mon corps et mes mains autour des maigres et fragiles excroissances. Et cette certitude qui me terrifiait : je ne serais bientôt plus en mesure de décider de quoi que ce soit. Je resterais accroché, dans la même position, jusqu'à ce que mes forces s'épuisent…

La pluie enfla, longtemps et fort, frappant mon dos, mon crâne, creusant un peu plus la ravine sous mon ventre et coulant le long de mes jambes. L'eau jaillissait entre les rocs, alourdissant mes vêtements. J'eus rapidement froid. Il y eut un long cri dans la nuit. Le temps d'une seconde, ça couvrit le fracas de la pluie. Puis une série de bruits comme ceux qu'on entend parfois dans une casse, quand le broyeur écrase les véhicules… Je serrai les dents, de peur que la Mondeo ne m'entraîne ou ne m'écrase dans sa chute. Mais il ne se passa rien. Je ne vis rien, du moins.

Il y eut un laps de temps, d'une durée incertaine, où je perdis connaissance. J'avais dormi, ou bien abandonné une forme de conscience. Mon retour à l'éveil se fit avec angoisse. Dieu merci, je n'avais pas lâché prise ! J'étais toujours coincé dans une espèce de goulet en forme d'entonnoir, à plat ventre, la pointe des pieds bloquée contre une masse solide et les doigts littéralement plantés entre des saillies. Le tout tenait. Mais pour combien de temps ? Des crampes martyrisaient mes avant-bras et des nœuds de douleurs naissaient dans mon dos. Mes jambes étaient encore robustes comme des bouts de bois…

Des averses se succédèrent à de brefs intervalles. La pluie courait sur la pente, se déversait à l'intérieur du passage étroit où j'étais immobilisé. Mon front était dur et sensible au moindre contact. L'effort continu que je fournissais m'épuisait irrémédiablement.

Les événements qui venaient de se dérouler avaient réuni des vents de folie et de violence, de trahison, de mort aussi, et je ne parvenais pas à saisir le moment où tout avait basculé. J'étais pris dans la tornade, l'ordre raisonnable des choses avait été avalé par le maelstrom. Je fus persuadé que je ne m'en tirerais pas. Je n'allais pas pleurer. De toute façon. J'avais ce que je méritais. C'était ainsi. Delphine s'était trouvée sur mon chemin et ne m'avait plus lâché. Miller n'avait eu qu'à suivre son parcours... Tout ça appartenait déjà au passé et le passé ne m'intéressait pas. J'affrontais un présent. Je devais faire preuve de courage et de détermination. J'étais à l'heure au rendez-vous.

Mes muscles abandonnèrent d'un coup le combat.

Mon corps se fit plus léger.

Je chutai.

Définitivement.

Quand vient l'ultime catastrophe, il faut s'assurer d'avoir bien compris, d'avoir bien lu, car c'est si énorme qu'on risque de passer à côté. Bref, c'était maintenant, c'était maintenant que je vivais vraiment. Une bouffée de vie. Une chose était sûre, c'étaient mes derniers instants. Toutes les barrières s'effondrèrent d'un coup tandis que je me précipitais vers l'abîme. Ce qui avait été absolument impossible toutes ces années devenait soudain si facile que c'en était hallucinant : je ressentis toute la réalité qui animait ce monde et j'aurais tant voulu l'étreindre...

Je vis apparaître puis disparaître deux points blancs dans la nuit, puis les perdis tout à fait à la faveur d'une plongée là-bas, droit vers un précipice sans fond. Je dégringolai contre des crêtes rocheuses, comme un avion de chasse en piqué. Une voix résonna à mes oreilles et mon univers s'emplit du rugissement de cylindres fous. Décalage des perceptions. Vibrations.

Choc dans les lombaires. Je tombais toujours ? Oui. Second choc. Plus violent. Mon crâne rebondit dans un affreux bruit creux. Je partis cette fois complètement de travers puis glissai en une ligne sinusoïdale après une amorce de tête à queue. Quelque chose cassa dans mon dos. Je vomis brusquement un truc indescriptible et des larmes dans les yeux, sentis le sol pierreux qui défilait et s'enfonçait dans les ténèbres. Ma chute monta tranquillement vers la stratosphère. Je tombais si vite… Des vibrations commencèrent à faire trépider ma nuque et ma colonne vertébrale. Le relief avait la couleur d'un stade de nuit. Soudain, il y eut un craquement horrible sous mon crâne, celui que feraient des os en se brisant.

Puis, tout cessa.

Le choc, terrible, m'arrêta net. Cette fois je ne bougerai plus. Cette fois je perdis contact avec le réel et m'enfonçai dans une demi-inconscience, un état de vigilance atone, d'éveil passif. Je fis des rêves fugaces, rapidement effacés de ma mémoire.

À mon retour, l'aube se levait. La nuit qui jusqu'ici recouvrait tout se fit moins dense, et, au bout de quelques minutes, les premiers rayons du soleil frappèrent la paroi qui me surplombait. J'étais tellement concentré que je pouvais percevoir les radiations et les principes délicats des lumières. Le temps d'y penser, je vis que tout était net, terriblement concret. Comme cette aura blanche, cette auréole qui flottait dans l'air, devant moi.

Au-dessous de l'auréole surgirent deux silhouettes. Ils freinèrent leur descente en rappel, puis s'immobilisèrent, stabilisèrent leur situation dans leurs harnais en regardant calmement autour d'eux.

Je reconnus Bogdan. Il portait un pantalon treillis avec un t-shirt sombre. Les hommes baissèrent la mire de leur surveillance et posèrent ensuite les yeux sur moi. Ils émettaient une longueur d'onde d'une rare détermination.

La fixité de leurs traits avait quelque chose d'effrayant.

— Vous ne bougez pas, dit posément Bogdan.

Il parvint à ma hauteur d'un élan mesuré et, se décalant pour me surplomber, glissa sans effort une espèce de ceinture sous mon ventre. Ses gestes étaient rapides, méthodiques. Il verrouilla un mousqueton et une longue douleur transperça ma cage thoracique.

J'étais immobile, comme coincé en moi-même. Du temps s'écoula ainsi, dans le son rauque de mon souffle. Je voulais crier « Au secours, à l'aide, aidez-moi ! » mais aucune voix ne sortit de ma bouche.

L'autre se déplaça. Je ne vis pas grand-chose, mais assez pour détecter sa silhouette se profiler à mes pieds, à la périphérie de mon champ de vision. Il se déharnacha et aida Bogdan à me stabiliser dans l'humus et les fougères. Puis, il se redressa et s'éloigna au rythme d'un prédateur en chasse. Soudain, il porta des jumelles à ses yeux. Les braqua vers un point précis.

Ils échangèrent quelques mots.

— Très sincèrement, je ne vois pas comment il s'en tirerait, conclut Bogdan.

Je voulus leur sourire, bien leur montrer que j'étais inoffensif, que j'avais juste besoin d'aide, que tout le monde reste calme… J'essayai de bouger ma main, mais je sentis alors ma peau se hérisser et mes muscles perdre toute leur tonicité.

Bogdan se pencha, m'observa un instant. Son auréole m'empêchait de distinguer ses traits. Il avait une espèce de talkie et me fixait d'un regard neutre, sans animosité ni chaleur. Voilà tout.

La nuit tomba d'un coup sur le paysage. Un flash blanc troua le voile noir. M'aveugla. Ce fut à nouveau le jour.

Un groupe apparut de nulle part. Les nouveaux venus ne m'accordèrent aucune attention, se postèrent à des points cardinaux, disparurent de mon champ de vision. Je fermai les paupières, les rouvris. Maintenant, une femme tenait un objet qui émettait une forte lumière. Elle m'ausculta les yeux, la bouche, me tâta de partout. Un baudrier d'alpiniste écrasait ses vêtements de ville. D'un coup, le soleil toucha le sommet de son crâne. Bientôt ce serait au tour des étendues arides. La chaleur grimperait vite... Elle se redressa en grimaçant à l'adresse du blond.

Alors passa un type armé d'un fusil, un truc à scier un sanglier en deux. Puis, un second. Ils étaient sereins, presque souriants. À les voir, il leur semblait tout à fait normal, ordinaire, de posséder et de trimballer un tel matériel, ici.

La femme s'éloigna. Cédant la place à Rousseau.

Une ombre voila son visage. Je devais être en piteux état.

Nous étions dans une quiétude totale, tellement absolue que j'eus l'impression d'entendre le sang bourdonner à mes oreilles.

De ma position, bloqué sur le dos dans une civière gonflable, je vis que le temps changeait rapidement, le ciel se chargeait de lourds cumulus. Le tracé des nuées grises chassait les petits rapaces qui déployaient leurs ailes, rompant le silence de leurs protestations aiguës. Le soleil s'évanouissait peu à peu, happé par les nuages qui se précipitaient les uns contre les autres au-dessus de ma tête.

Un bruit sourd, continu et confus me parvint aux oreilles.

L'atmosphère devint instable. Des vibrations ébranlèrent le sol. La température chuta. Les premiers craquements secouèrent l'espace et la rumeur s'amplifia vite. Il y eut comme une saturation dans le ciel, un éclat lumineux et vertical submergé d'azote et d'oxygène. Les gouttes de pluie s'abattaient sur le relief, mon front, mes joues, frappant mes yeux et troublant les couleurs et les perspectives.

Rousseau soupira et ce soupir en disait long sur ce qu'il pensait de la situation.

— Thomas, lâcha-t-il enfin en plissant les lèvres. Thomas…

L'ondée ne semblait pas le gêner.

Il y eut un bruit sourd et profond, comme une menace divine qui figea les mouvements. L'orage venait vers nous.

Delphine prit ma main dans la sienne et s'agenouilla. Son regard s'incrusta dans ma rétine. Il était absolument vivant, intact et vierge de tout passé. Se débarrasser de sa présence me parut un acte sensé. *Delphine écoute, tu n'as rien à faire ici, tu devrais t'en aller, c'est ça. C'est tout.* Elle me jeta un coup d'œil perplexe, comme si elle avait entendu une chose étrange qui n'entrait pas dans ses vues.

Puis, je pris conscience que son image se brouillait. Au début ce ne fut presque rien. Son visage, sa voix s'éloignèrent, et il me fallut un peu de temps encore pour me rendre compte que la douceur et la chaleur de sa main contre ma joue cédaient la place à l'absence et au froid. Je libérai un cri en moi. Un cri silencieux de peur. De terreur. Celle de disparaître des vivants, que personne ne se souvienne de moi, de perdre l'essence de ma personnalité. De ne plus jamais exister.

Rousseau pointa l'index vers le ciel chargé de gros nuages noirs.

— Faut tenir le coup, Thomas. Accrochez-vous. On attend les pompiers dans l'hélicoptère de la gendarmerie. Ils ont les coordonnées GPS, mais... ce sont des espaces très vastes.

Ses hommes préparaient le terrain pour les secours. Ce n'est pas évident de sortir un blessé d'un tel endroit. Alors, ils installaient des pitons, s'échinaient à tendre des relais, des cordes entre les rochers, en fonction de ma position et du tracé calculé pour ma remontée du gouffre. Les principales difficultés de ce lieu étaient liées à sa verticalité, à son accès, son hostilité, son environnement chaotique, escarpé et dangereux.

Rousseau me fit un résumé de ma situation. Quand Miller m'avait poussé, j'étais d'abord tombé dans le vide, puis mon corps avait été avalé par un tube de 30 mètres de profondeur, créé par l'érosion. Tube dont je m'étais extrait, Dieu savait comment, et j'avais fini ma course dans le pire endroit au monde pour être secouru : une espèce de cavité cachée par un surplomb. Selon la toubib qui m'avait ausculté, je souffrais de multiples ruptures des ligaments, de fractures, avant-bras, radius et cubitus, humérus, des vertèbres, avec sans aucun doute des lésions de la colonne, et de nombreux traumatismes ouverts avec désolidarisation des tibias et péronés. Vu la dégringolade de ma température, elle soupçonnait une hémorragie interne. Je n'étais pas complètement foutu, mais ça n'augurait rien de bien fameux. Si on espérait me sauver, c'était une question de minutes, une heure tout au plus…

Rousseau souffla dans ses mains puis désigna un endroit en amont, un agglomérat de roches qui formaient une espèce d'autel en forme de fer de hache.

— On a retrouvé les corps de Christian Patrier et de Franck Miller dans un véhicule. J'aurais préféré un procès. Mais bon, quand ça veut pas, on a beau faire, ça veut pas…

Le bruit de l'hélicoptère surgissant de derrière la montagne couvrit ses dernières paroles.

—… Thomas ? Ça va ? Vous m'entendez ?

Miller avait chuté lui aussi…

18

Delphine suivait sa cure de désintoxication avec un sérieux papal. C'était un programme en centre médicalisé, avec prise de produits de substitution pour minimiser le symptôme d'anxiété. Elle avait commencé à s'entraîner, découvrant la course et la musculation. Elle était bien décidée à atteindre un certain niveau et, déjà, son corps se dessinait, elle avait transformé ses quelques kilos superflus en muscles. On la voyait souvent crapahuter dans les bois, au-dessus de Mazamet, et une association lui avait même proposé de l'embaucher pour aider d'autres personnes. Mais elle avait décliné l'offre.

Elle s'était fixé un objectif et se promettait de le dépasser.

Pour l'instant, elle prenait les choses comme elles

venaient, elle se concentrait sur sa santé physique et mentale. De temps à autre, elle acceptait de témoigner, elle participait à des groupes de parole pour les victimes d'abus sexuels.

Elle avait aménagé l'ancien atelier d'Adrian, pour écouter le soir des guides de méditation, ce qui favorisait la détente avant d'aller se coucher.

Avec son avocate, elles avaient étudié sa situation et préparé le procès. Les événements jouaient en sa faveur : sa déposition spontanée la nuit du double crime, les pièces portées au dossier par la gendarmerie, comme les rapports des experts, allaient dans le bon sens ; Franck Miller avait agressé et tué Christian Patrier, puis en frappant Thomas Boral, il avait dérapé et chuté dans le gouffre avec la Mondeo. En y regardant de près, ça ne tenait pas vraiment la route, ça ouvrait des zones d'ombre béantes, des questions sans réponses, mais les autorités s'en étaient étonnamment désintéressées.

Delphine ne fut jamais inquiétée. Et puis, elle avait autre chose à faire ! Elle s'occupait d'elle. Elle savait que nombre de ses traumatismes auraient sur elle des conséquences : ses problèmes relationnels, sa méfiance et son attirance morbide envers les hommes, son sentiment de dégoût quant à sa propre sexualité. Mais elle arrivait à un point où elle sentait maintenant poindre un espoir, elle apprenait à composer avec toutes ses angoisses. C'étaient de nouvelles sensations, puissantes. Elle ignorait ce que la vie lui réservait, mais elle savait. Elle savait que le plus dur était derrière elle.

Finalement, elle avait accepté l'idée qu'aujourd'hui elle était prête à connaître l'existence qu'elle méritait, en prenant soin d'elle, et ce, en ma compagnie, même si je n'étais pas un mec toujours facile à vivre, moi le type qui écrivait son histoire…

Achevé d'imprimer sur les presses
de Pulsio à Sofia en Bulgarie
Dépôt Légal : février 2020